戰後台灣現代詩風景 ②

多面向的詩情與詩想

林宗源
非馬
白萩
李魁賢
楊牧
夐虹

許達然
杜國清
席慕蓉
喬林
吳晟
汪啟疆
拾虹
曾貴海
鄭烱明

陳明台
羅青
江自得
蘇紹連
陳鴻森

李敏勇 著

目次

〔序說〕

在地，轉化，新生
——多面向的詩情與詩想

戰後台灣現代詩風景的開展，我以「雙重構造的精神史」視野，論述了「跨越海峽」的十二位詩人，「跨越語言」的八位詩人。流亡，殖民性對照在地，被殖民性；語言優勢，政治優勢對照語言劣勢，政治劣勢。但在戒嚴、專制體制之下，都是某種意義上的受害者。國共內戰失敗，跨越海峽的詩人隨國民黨中國來台，在反共國策指導，脅迫、流亡的主題無法被真正觀照，只能片面仇共，並沒有追索左右政治撕裂的民族傷痕。而跨越語言的詩人們，在失語狀況下，也受反共國策指導，無法反思之前被殖民歷史。在反共國策、戒嚴專制下，世界性的戰後意識在台灣並不存在。

《現代詩》、《藍星》、《創世紀》，三個戰後開展的主要詩社，分別在橫的移植、主知論；縱的繼承、主情論；新民族詩型論，不同的主張、實踐。主要是《現代詩》對立《藍星》。後來，《創世紀》接收《現代詩》的能量，形成《創世紀》對立《藍星》。跨越語言的詩人創立《笠》後，許多在《現代詩》、《藍星》、《創世紀》的本土詩人聚集在《笠》，轉而形成《創世紀》與《笠》的對立，亦即外來詩人與本土詩人的對峙。戰後的雙重構造也反映在雙重現代性，分別是中國的現代性、台灣的現代性，更是台灣的第二次現代性，更與戰前的現代性形成了延滯現代性。

《笠》的創社、創刊，是終戰第二十年，一九六四年《台灣文藝》創刊，彭明敏師生發表〈台灣人民自救運動宣言〉，意味著反攻大陸國策的破滅，台灣的覺醒。戰後政治禁制施加於文學，施加於詩的力量被打破。流亡情境高蹈化、內向化的詩，相對的是在地情境外向化的詩。內向化走向純粹經驗的主張，外向化走向現實經驗的主張，雙重構造的來源和去向反映了台灣現代詩歷史的特殊性格：不是左右意識型態之分，不是藝術論之別，更多的是國族認同之異。一九七〇年代初，詩宗社相對現代派以藝術論結合，是以中國意理結合的短暫集團力量。《創世紀》從新民族詩型，而超現實主義，走向純粹經驗論，顯示了流亡情境無法與流亡地連帶起來植根的文化盆栽現象。關傑明的諍言指出在台灣的中國現代詩「脫民族性」，唐文標指出的「缺社會性」都顯示問題，但並未真正解決。鄉土文學論戰前後，以一九四〇世代詩人為主的《龍族》，以一九五〇世代詩人為主的《陽光小集》，以中國性和台灣性的不同主張，形成了戰後台灣現代詩民族論的分野。從而，在台灣，台灣現代詩取代中國現代詩。

繼雙重構造的精神史，論述二十位一九一〇世代到一九二〇世代及部分一九三〇世代、跨海和跨語詩人後，我以在地、轉化、新生，論述二十位一九三〇世代、一九四〇世代（其中一位戶籍出生一九五〇年，其實，是一九四九年生）詩人，成為我戰後台灣現代詩風景的延續觀照。一九一〇世代、一九二〇世代詩人，二戰後都是各個國家的主要詩人群，前者戰前已有地位，後者戰後登場。但跨越語言一代的台灣本土詩人，除特殊例子如吳瀛濤、林亨泰、錦連，大多慢了十到二十年，與一九三〇世代大約同時參與詩活動，這是戰後台灣人在自己的土地成為語言異鄉人的緣故。白萩和楊牧早就參與戰後台灣現代詩活動，但兩人均無跨海和跨語問題，我將之列入一九三〇世代、一九四〇世代群落。一九三〇世代的楊喚、瘂弦、鄭愁予，則列入雙重構造的精神史跨海系列論述。

白萩和楊牧有特殊的地位，他們都早已參與詩活動，而且都已有光環。但白萩《風的薔薇》之後，《天空象徵》、《香頌》、《觀測意象》更有新貌，可惜一九九〇年代以後因患病，沒有持續作品。楊牧則去葉珊之後，形成特殊地位。一個在現實社會，關注造型和精神；一個在學院，兼具東西方典律條件。如以美國詩發展來看：白萩是W. C.威廉斯，棄英國傳統，立美國風格；而楊牧則像T. S.艾略特重英國傳統。兩人都對漢語白話的鍛鍊極為用心，但白萩口語、楊牧雅言。一個是生活者，一個是學院派。兩人都出生於台灣，一在台中，一在同緯度的花蓮。生活者與學院派並非一九三〇世代、一九四〇世代台灣詩人僅有的兩種走向。更多的差異形貌，從雙重構造走向多元性。白萩有若冰雪象徵中的一隻鳥，冰雪象徵中的一株樹；而楊牧雖也有介入，但小心謹慎，更像詩藝之美的探索者，形塑瓷陶。白萩涉及許多當代世界詩，楊牧則在東西古典求索。白萩嚼生活之桑葉吐詩之蠶絲，楊牧在經典中吟詠流露詩意的綢緞。

有學院背景的一九三〇世代、一九四〇世代台灣詩人頗多，許達然、杜國清、陳明台、羅青、陳鴻森。但，許達然是歷史學者，治社會史，對第三世界至為關心，譯介了許多作品，也在自己作品呈現獨特的觀照；陳鴻森是中文學者，治經學史，詩業並不盡反映，但從寓言和現實交會，譜呈了民族論光影。羅青是英文學者，作品的異趣不見得有所關聯，他是較早被以後現代述之的詩人，出入東西古典，玩味生活現實；陳明台是先歷史後日本文學，也沒有學院詩人色彩，反民眾性、反大眾性色彩顯現疏離性格。杜國清與楊牧一樣，從西洋而中國文學，分別在美國的大學任教。杜國清也是有學院色彩的詩人。早期的杜國清重西洋，後期則重中國古典，他有《笠》的社會介入、現實觀照，但從美國隔岸看台灣的視野，心意大於實證。

理工背景的非馬和李魁賢，出身前台北工專，分別在核工和化工領域，兩人和文學院出身的大多數戰後台灣一些詩人的語文習氣不同。尤其是非馬，乾淨俐落，兼具詼諧，精簡構造的行句，深刻意涵，去除了中文修辭容易形成的過度潮溼性，有特殊的形式風格。李魁賢的樸實性，也不同於常見的修辭過剩，直抒其意，但以發想實踐他現實經驗、藝術功用的主張。兩人都在譯介世界詩貢獻良多，視野不只中國。

林宗源和吳晟，是鄉土詩的兩個代表詩人。一在台南，一在彰化，對於土地的吟詠都專注。林宗源的批評意識和吳晟的擁抱意識，各異其趣。林宗源愛鄉土，但有自我批評，他甚至愛深責切，在一首以蕃薯為喻作品，以「去死／去死」重話說台灣，他的鄉土不局限台灣，觸及世界。吳晟的鄉土是歌詠，是吟唱，有愛戀，有憂傷。他認命，他怨艾，對自己的鄉土有從阿祖、阿公到阿爸到自己，一路踏過來的情懷。他的詩視野，中國遠大於世界。他強調不談詩藝、人生、社會，見到的是他的詩藝觀、人生觀和社會觀。林宗源也是戰後台灣現代詩台語文書寫的先聲。

夐虹和席慕蓉是兩位各具特色的女詩人。夐虹從紅塵到空門，情念之旅有轉折；席慕蓉從大眾性到原鄉風土，也是曲折變化。夐虹清新、細膩、婉約的抒情，一九六〇年代和葉珊時期的楊牧是東台灣雙璧。後來，她的東台灣書寫，在地誌詩留下指涉。隨著人生閱歷成長、變遷，轉而佛禪心性；席慕蓉以散文家，在一九九〇年代，曾是詩歌流行現象，詩集暢銷，譽謗兼之。但在重拾蒙古身分後，在她「記憶的山河」和「山河的記憶」吟詠，另有沉澱，展現新境。

喬林的山林風情畫補足了戰後原住民詩人尚未登場的真空現象，他的詩捕捉了原住民在山地部落生活的情境，以宛如繪畫的速寫記述了詩情。以土木工程師在道路工程施設行旅留下一些山林記事。他回到城市，人間浮世繪的點描則是另一種風景。汪啟疆和拾虹，有較為特殊的海洋經驗。前者是海軍將領，擔任過艦隊指揮官，巡弋海域的航程不只見識驚濤駭浪也環抱島嶼台灣，他有歷史感和守護心，以及基督徒信仰，思考在島嶼台灣的家國情境。拾虹則像一個漂泊者，在造船廠擔任塗裝工程師的經歷，船舶的航程是離開，是返回，是漂流，是離散。船就像台灣，風雨飄搖的歷史有迷惘，有不安。他的詩彷彿漂流的浪漫情和孤獨心，汪啟疆執於守護，拾虹流露徬徨心。

曾貴海、鄭炯明、江自得三位醫生詩人，都在一九六〇年代末登場，但曾貴海和江自得因醫療生涯，中斷詩業，遲至一九八〇年代末，再續詩志，鄭烱明則在一九六〇年代末、一九七〇年代，即嶄露頭角。他以平凡的語言、即物性觀照，捕捉時代性、現實感。江自得重拾詩業以後先以聽診器診斷台灣，對歷史的病理多所觸探，二二八事件、白色恐怖都在他詩的病歷反思，更進一步在史詩投入。對美意識的探索也是他涉及的面向，更捕捉生活哲思於短詩行，詩業取代行醫。曾貴海則一面投入社會運動場域，一面在詩的領域互映。他與江自得互相照映，既以詩探觸原住民，也在客語詩耕耘，更有通行台語詩，有史詩型書寫，也有仿俳詩。他的環境、自然書寫，突出投入社會運動的心。

蘇紹連以散文詩為人所知，以驚心見長。他從中國古典語境表述現代詩情，也從西方繪畫形色借喻心影，變易於各種形貌。講究奇巧，在長敘事與童話情境均有涉獵。同樣執於散文性、古典語境的陳鴻森，藉寓意探觸戒嚴時代的政治荒謬情境，鞭辟入裡，留下證言，意味深長。

一九三〇世代、一九四〇世代詩人，已無之前世代的跨海、跨語問題，在通行中文以及在地的條件，展開與戰後初期、前行代不同的詩歷程。其中，白萩、楊牧的葉珊時代、夐虹，早於一九五〇年代末，即嶄露頭角。但與一九三〇世代、一九四〇世代，在一九七〇年代、一九八〇年代之後，形成與跨越海峽、跨越語言不同的詩動向。從雙重構造走向多面向的世代性，在往後的時代展現出與戰後初期不同的新風景。白萩的語言鍛鍊走向口語、生活化，走向作為見證的詩歌，楊牧的語言鑄造執於雅語、書房性，執著於情念的吟詠。楊牧創作豐沛在學院化詩壇建構了聲勢；白萩因健康因素，一九九〇年代以後，淡出詩壇。兩人在戰後台灣現代詩史的位置，因而有所差別。

戰後台灣現代詩雙重構造的新傳統在一九三〇世代、一九四〇世代的延伸，呈現了更多樣的詩風景。戰後據台的中國意識，本土發展的台灣意識，相互沖激，衝擊，轉化，隨著民主化的演進，形成漢字中文的新語言情境，既與之前中國新文學的傳統不盡相同，也不同於一九四九年，與中國另易其幟的中文語格有異。相對於通行漢字中文，本土的通行台語發展現象展現了另一種詩的形貌，正在進行中，宜另外特別審視。

一九三〇世代和一九四〇世代的詩人，突破了戰後初期「跨海」與「跨語」雙重構造的語言難題，走向不盡與前行世代相同的政治與文化桎梏困境不同的社會條件。一九六〇年代以後，台灣的現代詩狀況逐漸形成在這個島嶼場域的新動向。《笠》的創社、創刊意味著戰後二十年，從「在台灣的中國現代詩」走向「台灣現代詩」的進程。現代與本土的交織與之前現代與疏離本土的漂浮狀況不同，呈現新的詩情與詩想風景。

白萩的本土是現代的，楊牧的漢語古典與西洋古典交融也不同於中國的詩面向。他們與跨海、跨語世代早有爭鋒，與崛起的新世代競逐，跨越時代展現風華，兩人的鮮明對比有跨海與跨語世代的異曲同工之況。但大多一九三〇世代、一九四〇世代詩人，光譜更為擴大，《現代詩》、《藍星》、《創世紀》、《笠》的詩學都被觀照、吸收、兼具，新社會的現實風土成為鏡與窗，開拓了新時代的詩風景，與持續活躍的跨海、跨語世代並行在詩史的新路程。

一九七〇年代的鄉土文學論戰，既是文化的、也是政治的。政治宰制逐漸被改革力量鬆綁，詩與文學的社會責任要求對藝術與現實、純粹與介入、參與，改變了生態。從中國，在台灣的中國到台灣，現實場域逐漸面對台灣本土。一九八〇年代的政治狂飆運動及一九九〇年代的大眾消費社會形成，民眾詩與大眾詩分別是政治性與商業性對應。一九三〇世代和一九四〇世代，多少有所影響，但之後的世代更甚。一九三〇世代和一九四〇世代處於其間，兼具了之前、之後的轉型期程，構成戰後台灣現代詩史的世代性格，成為時代風景。

從《現代詩》、《藍星》、《創世紀》到《笠》，一九三〇世代、一九四〇世代先後登場；而一九七〇年代的《龍族》和一九八〇年代的《陽光小集》，既是中國性和台灣性的跨越，也是一九五〇世代崛起的現象，社會條件和傳播條件都發生變化，以報紙副刊為場域的詩壇，交織作者、編輯人、學者的聚光現象，不在我論述對象。一九五〇世代、一九六〇世代，甚至更新世代，雖也在我的閱讀、觀照中，特別是台語詩人和原住民詩人的紛約登場，為戰後台灣現代詩呈現了多樣風景。只能期待有餘裕餘力時或加以論述了。

從跨海、跨語的雙重構造二十位詩人到多面向的詩情與詩想二十位詩人，我以四十位詩人為對象加以探察觀照，以我詩之歷程的閱讀、體會，進行簡單的詩人論和作品論。他們是我前行代與同世代詩藝的探索人，我們一起走在戰後台灣現代詩墾拓的路途，我探察他們，觀照他們的詩心。這是我對戰後台灣現代詩史的認識、記錄、思考與批評的某種重建作業，期待對戰後台灣現代詩風景與詩史提供某種證言。

意識的覺醒，語言的覺醒
——林宗源的鄉土性與國族觀

林宗源（一九三五～）是一九三〇世代台灣詩人中特異的存在。

從一九五〇年代中期，參加覃子豪主持的函授學校新詩課程，走上詩人之途。他的這一條路程，既因家境的無憂，也有因為風溼症不得不從台南二中高中部休學的疾患煎熬。他的詩人生涯交織在物質和精神不盡平衡的情境中，能自由自在從心所欲，盡情地書寫，卻又不能免於肉體之苦而有生命的另番感觸。

二十歲時（一九五四）有《藍星》覃子豪影響的抒情性，二十四歲（一九五八）因紀弦邀他出資支持而出任「現代詩社」社長的經歷。後來，三十歲（一九六五），在《笠》創社創刊的第二年，成為同仁。到了五十六歲（一九九一）脫離《笠》創立了「蕃薯詩社」，任首任社長。從漢字中文而漢字台文、漢羅台文，但他的詩人位置，定位在《笠》以及後來的《蕃薯詩刊》之間。七十一歲（二〇〇六）創辦「林家詩社」任社長，又是另一種經歷。但林宗源在各團體似非主事者。

一九六〇年代末，我加入《笠》時，林宗源已在《笠》活動多時，他是我心目中相當具有鄉土性的詩人。相對於跨越語言世代創辦人群，他的鄉土性更明顯。和一九三〇世代的《笠》詩人群相比：林外（一九三〇～二〇〇八）、葉笛（一九三一～二〇〇六）、莊柏林（一九三二～二〇一五，較晚才發表詩作品）、何瑞雄（一九三三～）、趙天儀（一九三五～二〇二〇）、非馬（一九三六～）、白萩（一九三七～）、李魁賢（一九三七～）、黃荷生（一九三八～）、岩上（一九三八～二〇二〇）……有其獨特的性格。

林宗源的詩具有生活性的內容，口語化的形式。他發表在《笠》第十期的〈黑板〉，即是他在家裡經營旅館的體驗，從一位坐在櫃台的管理人視點看旅客百態而留下的一首非一般形式的詩。他以記錄在黑板的房號、宿泊者芳名表、記事及日期欄，從房號看到有住宿者和空房。有住宿者的房號下方，記錄了酒鬼、妓女、賭徒、靈性（其實是鬼魂）的狀況，空房下則以「明天盼望明天」、「今天被旅客侮辱，明天呢？」、「明天總不會寂寞吧！」這首詩有些突發奇想，閱讀起來有幽默、自嘲的意味，也是人間百態。而其實這就是旅社老闆的詩人，借用黑板的記述寫下的一首詩。

在《笠》第十四期（一九六六年六月號），林宗源的一首詩〈筆〉，以△代表預言者的詩人自己，作了引論和結論；再以鉛筆、萬年筆（鋼筆）和原子筆，分述意見，也讓人印象深刻。

〈筆〉

△ 絕不同意僅有萬年筆的存在
如同僅有道林紙的存在
而筆是最笨，最怯懦，又最喜歡玩玩雄辯的發言者，世界就是這樣地被各種的
筆，繪畫起來

鉛筆　想起石器時代，不敢面向原始的壁畫（中略）那容易折斷的心，竟使我不能在西
裝的口袋，占有一個滿意的位置。

萬年筆　有什麼值得羨慕的，當我想狼吞藍色的飲料，餵我以紅色的血液，哈哈！（中
略）雖然，我常常被插在西裝，可是，文明也有患病的時候，（後略）

原子筆　我該是理想的筆吧！（中略）冬天來了，寂寞得吐不出片言隻語，最傷心的是，
我必須經常換換科學心臟。（後略）

△ 所以筆的繪畫，只有動作的歡樂
爭執多無聊，生活就是為了幸福？
沒有淚的人生，沒有笑的存在

林宗源這類特殊形式的詩，相對於圖像詩，很少被提起。這類詩，不是吟唱，也不是描繪，而是思考。思考性的詩，詩人的發想很重要。黑板、筆，都是他生活中的事物，從生活體

驗發想，讓閱讀者從中體會某種趣味和意味。

一九六七年八月號的《笠》，「笠下影」介紹林宗源。他這樣談自己的詩：

（一）我的詩，產自樟腦樹的濃蔭，用筆與血漿繪畫的詩，在尋找一顆巨圓，足以容納一串怒吼、哀怨、失望……的音符。

（二）假若拳擊是詩，我是以一個突然的意念，給予光與電，用來完成一場有趣的拳擊。為了美妙的一拳，我是以粗壯的手，以口語為手套，以最快，最平凡的姿勢，向人生的臉，直接地擊出，好像不平凡，又有點滑稽的一拳。

在「笠下影」的「詩的位置」，林宗源寄給趙天儀的書簡中說：「我是默默地寫自己的詩，到《力的建築》，我才確立了自己的風格，從〈黑板〉一首起，我才打破了以往對形式的觀念。詩的形式在表現前是沒有所謂形式的，它只是一種心理的慣性，一種思維的秩序罷了。我們要打破這種思維的秩序，使詩的形式不死板而多樣化，使形式成為詩的生命的一部分。」並說他是《笠》行列中，「最有自己底特色的，不論是詩的題材，詩的語言，或詩的形式，都是與眾不同的，因此，歸入《笠》的行列，也是較有泥巴味的一位。」

家裡曾經營旅社，林宗源也算有坐鎮的掌櫃的身分。他的一些起自這種身分的詩，讓人一開眼界。他是府城台南人，算是城市居民，但城鄉分際不那麼明顯，家裡其實也擁有許多養殖魚塭，後來逐漸變成建築用地，也曾經營食品店。他的第一本詩集，是一九六五年在笠叢書系列出版的，是他自己所說的「確立了自己風格」的第一本詩集。

林宗源生活在府城台南，但不放棄泥土味。他有一首詩〈愈肥愈臭愈好的泥土〉是只生活在城市，沒有養殖耕作經驗的人不太能體會的。

愈肥愈臭愈好的泥土
一小節的蓮藕很快地生長起來
擠迫得不能轉身的地方
瘦瘦的東西並不哀怨
那蒼白的面孔有帶臭的笑靨
那赤裸的身體滿是沒有血的血管

也許沒有血的生活最美
賴在泥中不願站起來的蓮藕啊！
能逃避成熟的運命麼？
自我陶醉地綻開紅紅的夢
血色的夢一片一片凋謝了

幼弱的小蓮房
懷著害怕暴風的心情
漸漸地生長
不能靜止麼？
漸漸地成熟的蓮子
漸斷地接近死亡的蓮子

祈求一次暴風
讓他投入水中
在這個很臭的泥土裡
重生

這麼寫泥土，是因為林宗源的生活有養殖耕作的體會。成熟的蓮子會在汙泥裡重生。他這樣寫植物，詩裡沒有賞蓮時光的抒情，而是死與生的領悟。對照他寫魚塭的養殖魚，寫鰻魚、鯽魚、鯉魚，寫大頭鰱，甚至田鼠。他的視點常常放棄人的本位，反過來思索不同生命的存在課題。以鯉魚的角度，吃盡一切餵食料；但以水裡沒有養殖戶的魚塭主人的眼睛切入，發展出吃魚苗，吃主人的血，也就是血本，有反噬的意味。

〈鯉魚〉

投下米糠
我吃
投下水肥
我也吃

水裡沒有塭主的眼睛

吃
吃所有的魚苗
吃
吃主人的血

一九六〇年代末到一九七〇年代初，林宗源從《力的建築》詩集的一些觀念論，轉而聚焦在農漁養殖耕作的生態、人間關係探索。一九七七年的鄉土文學論戰前，他的詩與諸多標榜現代主義的敘述或逐漸轉而趨向純粹經驗論的抒情情懷不同。余光中在鄉土文學論戰時，力讚吳晟的鄉土詩是新鄉土詩的起點，似乎無視於林宗源的存在。只因為林宗源的鄉土詩，批評精神強，與吳晟的感懷歌詠相較起來，帶有較強的抵抗意味。以吳晟一舉抹消了《笠》的本土詩運動形跡，既有一解他在鄉土文學論戰時、以工農兵文學憂慮文學發展現象的指控，兼有對台灣本土詩發展的詮釋權主導意味。其實，吳晟的鄉土詩形貌和林宗源的鄉土詩形貌是不一樣的，吳晟詩行沒有火氣，反映的大多是牢騷、哀怨、農民性的一面，而林宗源則是另一面。

鄉土文學論戰的時際，林宗源逐漸轉向台語書寫，他的意識覺醒和語言覺醒幾乎並行。或說，覺醒的行動展現更明顯地顯示。〈人講你是一條蕃薯〉反思了台灣本土的境況，帶有自我批評的意味。

人講你是一條蕃薯
破開有黃色的肉
流著白白的血趜佇土內
佇土頂開著連鞭會謝的花咧活
無愛日頭愛月娘豈有影咧
就是共你煎　煮　炰
甚至絞碎也不出手
有一點點仔的土及水

就慘瘦瘦仔大
有影無？

你的肉真甜
你的身價真粗俗
你予人㧡佇土內
無意志也無想慘走出土孔
就是共你生食一半
你猶是會活　會大　會笑
你也無想慘反抗
干乾會曉怨嘆命運
流著白白的目屎
哮無聲音
你是不是咧哭？

人講你是一條蕃薯
破開有黃色的肉

假使你會流出紅紅的血
你的心也會變紅
你就會開芳花結恁的夢
無驚日頭無愛月娘
敢徛站你的土地揚眉吐氣

你是不是蕃薯
人講你是蕃薯
干乾會曉叩頭
互相爭慘活較大條
大條去予人人咬你一嘴的蕃薯
無土也會亂生根的蕃薯

去死
去死

通行台語詩的書寫常有表述符號的問題，常見的漢羅台文、全羅台文、漢字台文，有漢字羅馬字混合使用，全用羅馬字拼音或全以漢字，林宗源也不免有這樣的問題。以〈人講你是一條蕃薯〉這首為例，在不同時間不同版本，就常見作者更動用字的現象。這意味通行台語詩書寫的課題。

人講你是一條蕃薯
破開有黃色的肉
流著白色的血kiu ti土內
——《林宗源台語詩選》一九八八年．自立晚報出版部

人講你是一條蕃薯
破開有黃色的肉
流著白白的血kiu在土內
——《台語詩六字選》一九九〇年．前衛

人講你是一條蕃薯
破開有黃色的肉
流著白白的血

會開在匀在土內咧活

——《泥聲合唱》一九九二年・文學台灣

人講你是一條蕃薯
破開有黃色的肉
流著白白的血趙佇土內

——《林宗源集》二〇〇八年・台灣文學館

經歷特殊歷史構造的台灣，大清帝國的漢文時代，割讓給日本五十年的日語時代，戰後的通行中文時代，漢字台文並沒有相應的白話文變遷，導致漢字台文的口語化書寫有表述的難題。現在，全漢字、全羅馬字、漢羅並用，都有不同的主張和實踐者。語言文字的符號、工具、方法和精神層面都有挑戰及須克服的課題。林宗源在一九七七年十二月號《笠》第八十二期的〈行自己的路，唱自己的歌〉，鼓吹母語文字，主張「作為一個詩人，我以為應該用自己的腳，站在自己的土地，用自己的語言，唱出自己的歌」。而他也確實義無反顧地走上這條路，台語詩超過三百首詩以上，遠多於通行中文的一百多首詩。台語詩集已取代他的通行中文詩集。

〈人講你是一條蕃薯〉反思了台灣人被喻為蕃薯，或自喻為蕃薯的心情。自省之切、期望之深流露無遺。「假使你會流出紅紅的血／你的心也會變紅／你就會開芳花結恁的夢」，結尾的「去死／去死」，讀來令人心酸、心痛。

〈一枝針補出一個無仝款的世界〉，用母親修補小弟拆破的地圖，從中東、亞洲、北美洲、非洲、西伯利亞，不識字的母親彷彿修補出她心中的地圖。發展出母親將美國和中國的位置互易，舊蘇聯放在中東，日本和德國補在舊蘇聯，而自己也將母親手中的破衣衫接過來，補好我心內的破孔。台語詩如此發展世界視野，對照常見的許多作品投射在鄉野農村，是讓人眼睛一亮的詩想。

林宗源的國家想像呈現在〈理想國〉這首詩。他的世界觀照，在以巴衝突視野裡，留下〈黎巴嫩抗命歌〉，留下以阿拉法特演說辭的句子「我娶巴勒斯坦為妻」為題的作品，明顯地對以色列有所批評，顯示他的和平主義立場以及支持被壓迫宰制者的立場。

〈理想國〉

「人道」慢慢改造的人種
一群一群優生的民族
化個體的愛舞成群體的愛
化民族的愛舞成人類的愛
用愛建築的地球構成的聯合國

擁有一支軍隊管理世界的萬國之國
必須解散各國的軍隊
必須建立獨立的民族
（略四十一行）

林宗源的台語詩延伸他在通行中文詩的視野，他的生活性與口語化常常流露特殊的觀照性。經營旅社，寫了旅社掌櫃的觀照；家裡有養殖魚塭，留下許多相關養殖魚詩作；風溼病痛打擊他之前，喜歡運動的他，也有〈標槍〉這樣的詩；開設食品店也有食品店的詩。在一九七九年鄉土文學論戰之前，大多仍在通行中文詩的時期，他的詩就具有濃厚的鄉土性格。府城台南似乎並沒有讓他的詩帶有太重的都市性格，而是關聯於他生活中觸及的事象、物象，在靜觀或凝視發想他特殊的思維。

一般的鄉土性常反映在鄉村景象、農作事物，有的趨向田園風味，有的投注生活的辛勞，但林宗源的鄉土性是他在生活中的精神投射，有他存在論的視野。他並非勞動者，沒有肉體的勞動辛勞。他專注的，反而是去看、去想、去反抗的心意。他的鄉土既非農民性格，也不是工人性格，而是身歷其境的觀察與批評性格。極端非學院的林宗源，常被府城台南的文友以「阿舍爺」這種稱呼世家子弟、相對於「艱苦人」的「好命子」名稱稱呼他。但物質的寬裕卻培養出他精神觀照的特殊一面。他的對抗也反映在詩行裡，對父權有叛逆的一面，是生活況味或反政治威權的隱喻。

一九七八年八月號的《笠》八十六期，他有二首〈給父親的詩〉，留下這樣的行句：

沒有一件新的東西
在黑暗的內臟
使我想起
「天下沒有不是的父母」
可是，我又想，難道
「天下只有不是的子女？」
在黑暗的房子裡
應該有一件現代的東西
……
父親！你不希望看到你的兒子
真正地能夠獨立
傲然地站在你曾經站過的土地嗎？

——〈給父親的詩——1〉

對父權的反抗顯示林宗源精神的一個側面，他所有鄉土性的詩是從這種精神側面發展出來的。我常把林宗源和吳晟放在一九七〇年代台灣鄉土詩的對照面，相對而言，用鄉土來喻示《笠》是一種輕率的指稱。《笠》的台灣本土性格，絕大多數是跨越語言一代的創辦人群的理論與實踐，應較具現代性。所謂的鄉土，用來相對於《現代詩》、《藍星》、《創世紀》，其實是本土性，是被殖民的殖民的相對性，源自特殊歷史構造，特別是政治構造的雙重性立場。鄉土性有刻意窄化的意味。

終戰時十歲的林宗源，小學低年級的日語教育；從小學中高年級以後的通行中文教育，讓他和他同世代的一些台灣詩人因小學時代跨越語言，母語似乎成了他貫穿、連續的語言條件。但台語的書面語又因為台灣長期沒有主體國家的歷史，而未能在口語化變遷時期相對漢字中文的白話文運動有所發展，從夾雜台語的通行中文發展到主張以台語書寫，甚至在一九八〇年代，認為台灣文學一定要用台灣母語創作，他也不斷實踐這種主張，在一九九〇年代，與一群台語詩人群創辦「蕃薯詩社」，出版《蕃薯詩刊》，並退出《笠》的同仁身分。

從林宗源看鄉土，他的鄉土是開闊的，甚至有世界的觀照；從林宗源看台語書寫的實踐，他的詩情、詩想有進步性的一面，不僅是地域主義或鄉土性。

曾經以一九四五年三月一日，盟軍轟炸日本殖民時期台灣的經歷，寫了二百多行三幕劇詩〈剪一段童年的日子〉，留下他十歲時人生經歷和二戰時的台灣大空襲形影，林宗源的人生，台灣與世界交織成他的詩舞台。他在自己生活的土地，以詩行認識、記錄、思考、批評，坦露了自己，也見證了他走過的年代。他的詩為鄉土性提供了更開闊的視野，他的國族觀形塑於被殖民的經歷，具有和平主義者的開放性格。他的意識覺醒反映在語言的覺醒。自由自在寫作的他，以獨特的眼光看他生活的世界。

真摯地吟唱嘹亮的自由之歌

——兼具台灣詩人與美國詩人的非馬

非馬（一九三六～），本名馬為義，他的筆名讓人想到「白馬非馬」這一古中國春秋戰國時代、公孫龍建立的命題，具有辯證意味。姓馬，但不是馬。這樣的辯證意味也巧妙地呼應了他的詩作風格，而且與他的英文名William Marr契合。他的身分包括：核能工程學家、華裔美國作家、台灣詩人、翻譯家以及藝術家。

對於台灣詩人這個身分，非馬曾經這樣自我調侃：台灣把他當成中國的，而中國把他當成台灣的。用通行中文寫詩的他，在台灣、中國都有一些名聲；他也以英文寫詩，在美國，特別是他所在的伊利諾州芝加哥，也參與了美國詩人群的活動，是少數從台灣去美國，在美國生活的中文詩人中稀罕的例子。

日治時期，非馬的家人以廣東的中國人身分，即華僑身分在台中經營餅店，他因而在台中出生，但隨即和家人搬遷回廣東。戰後發生二二八事件後的翌年（一九四八），部分家人才再度來到台灣，仍居台中。一九四九年，中國易幟，共產黨中國取代國民黨中國，非馬家人一分為二：父親和幾個孩子在台灣台中，母親和幾個孩子在廣東潮陽，一直到一九七〇年代末，中國慢慢走向所謂改革開放，持有美國護照的非馬才和父親經香港進入廣東，再度和闊別十年的母親及兄弟相見。因戰亂而離散，因流亡而離鄉，是許多在台灣從中國詩人而台灣詩人的際遇，但非馬際遇的特殊在於家庭一分為二。久別重逢於羅湖車站的場景，令人辛酸。

〈羅湖車站——返鄉組曲之八〉

我知道
那不是我的母親
我的母親
她老人家在澄海城
十個鐘頭前我同她含淚道別
但這手挽包袱的老太太
像極了我的母親

我知道
那不是我的父親
我的父親
他老人家在台北市
這兩天我要去探望他

但這拄著拐杖的老先生
像極了我的父親

他們在月台上相遇
彼此看了一眼
果然並不相識

離別了三十多年
我的母親手挽包袱
在月台上遇到
拄著拐杖的我的父親
彼此看了一眼
可憐竟相見不相識

夫妻相逢竟不相識，別離三十多年的重逢，不是欣喜只是陌生。刊於一九八〇年十月號《笠》這首非馬的詩，點出了歷史的創傷。這首詩也有非馬身世的顯影，一個日治時期在台灣台中出生，旋即回到中國廣東度過童年，在中國的國家轉換前一年，又來到台灣台中，面臨家庭一分為二，在台中的小學、中學而台北的台北工專（現國立台北科大），而美國的馬開大學、威斯康辛大學。取得核工博士學位的他，在能源部的阿岡國家研究所從事能源研究，是一位科學家，但鍾情於文字，以詩的寫作和翻譯形塑他的人生形影。

非馬在《笠》的登場是一九六〇年代末，經由白萩的引介，他以創作和翻譯並俱，展開成為《笠》同仁的詩人、翻譯家歷程，成為《笠》這一陣地稀罕的存在。其實，生於台灣台中的他，是本土出生的詩人，但外界常以所謂的「外省人」這樣的中國系看他。《笠》二十九期（一九六八年二月號），他譯介「即物性的詩」，呼應《笠》為平衡「超現實主義」的過度主觀化而引進的客觀化思潮，這也在某種程度上成為非馬的詩風。

〈詩〉W. C. 威廉斯　作

當貓
爬上
果醬櫥

頂
先是右
前足

小心翼翼
接著後足
踩落
到空
花盆的
陷阱裡

——非馬譯

W. C.威廉斯是相對於T. S.艾略特、成為美國詩異於英國詩的另一種潮流動向，這對台灣詩異於中國詩，應該是借鏡。英國的古典對於美國來說，在新英格蘭一帶就阻斷；中國古典對於台灣，則在台灣海峽或台北阻斷。英國文化對美國是某種母音條件，美國據此發展；台灣也應該一樣，視中國古典為某種母音，也要有自己的發展面向。非馬與許多來台中國的台灣詩人不一樣，他沒有古典的沉重包袱。一些台灣的現代詩人標榜現代性，卻盡在詩行流露古典語境，這常是反經驗主義的古典語境模擬或抄襲。

學科學的非馬，也與大部分出身於文科，特別是中文科系的詩人極為不同。（其實出身於外文科系的許多台灣詩人，也大多有走向中文科系化現象，一些出身外文科系的詩人學者，在美國的大學執教生涯是教授中國文學。）中文古典的修辭意味，成為許多詩人的細身索，詩行並非經驗，而是古典詩詞語境的改寫或變貌。而科學的素養也讓非馬的詩構造有力學上的精簡、精實性。科學家詩人，我想到賀洛布（M. Holub，一九二三～一九九八），是一位醫生、生物免疫學家，三十歲才開始寫詩，卓越出眾。很奇妙的，賀洛布有一首詩〈翅膀〉，以同樣是醫生的美國詩人W. C. 威廉斯的行句「我們有／鯨魚的／顯微解析／這／給了／男人／信心」為前言。

《笠》在一九七九年六月出版了一本詩選《美麗島詩集》，收錄了非馬的十四首詩，他自述了詩觀：

> 對人類有廣泛的同情心與愛心，是我理想中好詩的要件。同時，它不應只是寫給一兩個人看的應酬詩。那種詩寫得再工整，在我看來也只是一種文字遊戲與浪費。
>
> 詩人應該誠實地表達他內心所想的東西。一個人應該先學會做人，再來學作詩。從這個觀點看，我覺得一個人如果內心不美而寫出些唯美的東西來裝飾，是一種可厭的作假。
>
> 對一首詩，我們首先要問，它的歷史地位如何？它替人類的文化傳統增添了什麼？其次，它想表達的是健康積極的感情呢？還是個人情緒的宣洩？對象是大多數人呢？還是少數幾個「貴族」？最後我們才來檢討它是否誠實地表達了想表達的？有沒有更好的方式？

更有效的語言？

〈鳥籠〉和〈魚與詩人〉兩首詩是非馬風格的體現。意涵深刻，語句簡省，構造嚴密：

〈魚與詩人〉

躍出水面
掙扎著
而又回到水裡的
魚

對

躍進水裡
掙扎著
卻回不到水面的
詩人

說
你們的現實確實使人
活不了

也許來自屈原投水的啟發，但也確實凝視了現實。魚生存於水中，詩人生活在大地。但現實不盡讓生存或生活其中的魚和人滿意。易地而處，又如何？非馬巧妙安排了一場演出，跳出水面的魚躍回去，但躍進水裡的詩人卻回不到水面，悲劇中有喜劇，喜劇中有悲劇。簡單的對比，超現實的現實，讓人深思，令人莞爾。

〈鳥籠〉

打開
鳥籠的
門
讓鳥飛
走

把自由
還給
鳥
籠

把自由還給鳥，也還給籠，而不只是還給鳥或還給籠。同樣於戒嚴期的一九七〇年代發表的〈鳥籠〉，比起〈魚與詩人〉的令人莞爾，令人深思，有一種對戒嚴體制隱含的批評和抵抗，是諷喻統治體制或政治權力的幽默。台灣的詩歌缺少幽默，硬邦邦、氣沉沉，很少看到這樣的質素。許多標榜現代的詩人，寫來寫去，走回頭路在古典詩歌的行句引喻引義，就是少了這種活生生的觀照和想像。

我不知道非馬是否愛讀美國詩人歐格迪歐・納許（F. Ogden Nash，一九〇二～一九七一）的詩，這位以推銷員為業，不同於學院，也不同於主要的美國詩系譜的美國詩人作品，常常令人捧腹。

〈章魚〉歐格迪歐・納許　作

告訴我，喔！章魚，我請求

那些玩意兒是手臂，或是腳？
我對那感到驚訝，章魚呵；
假使我是你，我會稱我為我們

——李敏勇譯

相對於台灣太多拘泥於中國古典情境，抽離於當代現實的詩歌，類似的詩歌彷彿解藥，非馬的一些作品都顯現了啟迪性。

他因赴美留學而留在美國，成為美國公民。當然有避離戒嚴統治下台灣政治情境以及發展的考慮。當代世界的國民（National）和國家（State）是可以流動變換的。非馬從台灣、中國而美國的場所演變，定居於美國芝加哥。他不像一些人以「流亡」自喻，對於台灣有一份特別的感情。

〈反候鳥〉

才稍稍刮了一下西北風
敏感的候鳥們
便一個個攜兒抱女
拖箱曳櫃，口銜綠卡

飛向新大陸去了
拒絕作候鳥的可敬的朋友們啊
好好經營這個現在完全屬於你們的家園
而當冬天真的來到，你們絕不會孤單
成群的反候鳥將自各種天候
各個方向飛來同你們相守

戰後的台灣，先是處於國民黨中國與共產黨中國的對敵狀態，後來又處於共產黨中國對民主化以後台灣的威脅論。「牙刷主義者」是戒嚴時期描述舉家去美國，個人留在台灣的某種現象。每當風吹草動，許多人也因持有美國綠卡、公民權而逃之夭夭。非馬以一個從台灣這塊土地成為美國公民的詩人，在一九七八年發表了這首詩，昭示了某種動人的心意。

《笠》同仁中，非馬、許達然、杜國清這三位定居美國的詩人，分別為核工學家、歷史學者、文學學者，都在《笠》的園地譯介了許多世界詩。非馬的譯介一直是我世界詩視野的風景，相信也為愛詩人開啟了窗口。敲打一代的美國詩人費靈格蒂（L. Ferlinghetti）以及他經營的「城市之光」書店出版的包括法國詩人裴外（J. Prévert）的《話語》、英國的《地下詩篇》系列，美國收錄非主流、有色詩人或印地安詩人作品的《牆頭詩》、大眾詩人羅德・馬克溫（Rod

Mckuen）的《史丹陽街及其他的憂愁》（不知道白萩的《新美街詩抄》是否受此啟發？）、俄羅斯詩人葉夫圖先寇（Y. A. Yevtushenko）、土耳其詩人納京・喜克曼（Nâzim Hikmet）的作品集……台灣的世界詩風景，他的貢獻很大。比起許多外國詩歌的譯介仍偏重在一九九〇年前後，現代詩發展初始作品或十八、十九世紀英譯，他的譯詩視野觸及了現當代，和許達然、杜國清的努力一樣，多值得重視。

非馬的詩自由自在，梭巡台灣與世界，是非學院的，是生活的，來自經驗與想像，而非源於古典詩歌的情境。他落腳美國芝加哥已半世紀，從一九七五年的《在風城》到現在已有近三十本詩集，三本散文隨筆集，也有多冊英譯漢、漢譯英詩集，並編選了《台灣現代詩四十家》（北京出版）、《台灣現代詩選》（香港）、《台灣詩選》（廣州）及《朦朧詩選》、《顧城詩遠》（均台灣），台灣及中國也有多冊關於他的論述研究出版。他有他的觀照視野，也有被觀照的視野。

一九八二年，他的一首詩〈芝加哥〉點描了他人生行程落點的場域情境。他在法國出版的漢、英、法三語對照詩選《芝加哥小夜曲》（二〇一五），芝加哥這個美國中西部城市照應了具台灣詩人與美國詩人身分的非馬。

〈芝加哥〉

——一個過路的詩人說：沒有比這城市更荒涼的了，連沙漠……

海市蜃樓中／突然冒起／一座四四方方／純西方的／塔

一個東方少年／僕僕來到它的眼前／還來不及抖去／滿身風塵／便急急登上／這人工的峰頂

但在見錢眼開的望遠鏡裡／他只看到／畢卡索的女人／在不廣的廣場上／鐵青著半邊臉／她的肋骨／在兩條街外／一條未灌水泥的樓基上／根根暴露

這鋼的現實／他悲哀地想／無論如何／塞不進／他小小的行囊

在美國詩人桑德堡（C. A. Sandburg）的城市，在桑德堡的〈霧〉與〈草〉之外，鋼鐵的現實也是壓迫性的存在。非馬處於這種場域條件之中，他和許達然這位詩人、散文家，都在我詩人之路給予許多借鏡，一為科學家，一為歷史學者；一祖籍廣東、台中出生，一出身台南；一活潑，一沉穩。非馬的詩視野靈活寬闊；許達然對第三世界的關注，對弱勢的同情，都啟發我的詩歌意識、文學心。

一九八七年，台灣宣布解嚴後，非馬有一首〈費城自由鐘〉，流露他對自由的體認。費城的Philadelphia是希臘文「友愛」的意思，這個城市在美國歷史有重要地位，一七七六年七月八日，《美國獨立宣言》的宣讀，以敲響「自由鐘」召集市民響應而象徵自由、公正的彰顯。自由鐘，又名獨立鐘，對台灣的民主化發展具有啟示性。

〈費城自由鐘〉

1.

自由的怒吼
震裂嘴角

讓苦難的心
不再緘默

2.

驚天動地的怒吼
震破嘴角

居然還有人

咧著嘴
在旁邊指指點點
說自由這東西
並不完美

自由並不完美，民主並不完美，但自由和民主是人類文明化的指標。台灣走過長期戒嚴的一黨化，顛沛地邁向正常國家的建構。政治的困阨之境曾經綁架了許多詩人，也宰制了詩人們的視野。一個曾經自由自在、在詩之旅路穿行的詩人，在美國的生活際遇對於自由的體認更為真實。既是台灣詩人也是美國詩人的非馬，在芝加哥那個有許多從台灣去或從中國去的華裔美國人，應該也面對某種從國民黨中國到共產黨中國認同變遷的形勢衝擊。但我相信非馬是一個對自由價值有體認的詩人。他的心會和在台灣拒絕作候鳥的朋友們一起，他會重視經營台灣這個家園的朋友。冬天真的來到時，不會讓這個家園的經營者孤單。他會像成群的反候鳥一樣，飛來和我們相守。

在冰雪象徵中的一隻鳥一株樹

——戒嚴時代白萩的詩見證

白萩（一九三七～）有一首詩〈廣場〉，在一九八二年的《陽光小集》第九期，以書帖手跡發表於封面。第十三期的《陽光小集》是「政治詩專輯」，在出版後遭到查禁。程序上是台北市政府新聞處出具收據，警備總部藉新聞局名義處理。檢查制度在一九八〇年代初、解除戒嚴前，對文學雜誌下了手。

〈廣場〉發表時，白萩在邀稿者向陽的情商中，把其中一行「而銅像猶在堅持他的主義」改為「而銅像猶在堅持他的主張」。主義，主張，一字之差，委婉以對付無法避免的檢查制度的魔手。戒嚴時期文學人、編輯者如何面對檢查制度，可想而知。

〈廣場〉

所有的群眾一哄而散了
　　回到床上
去擁護有體香的女人

而銅像猶在堅持他的主義
對著無人的廣場
振臂高呼

只有風
頑皮地踢著葉子嘻嘻哈哈
在擦拭那些足跡

政治銅像在台灣意味的就是蔣銅像。一九八二年，仍處於戒嚴時期，豈容如此調侃、造次。檢查制度的魔掌無所不在，即使詩隱蔽在暗喻的手法下，能夠保有較多祕密，有時也不能倖免。

〈廣場〉後來成為經常被引述在政治詩的白萩作品，詩裡巧妙的揶揄，在九行的句子中散發，令人莞爾一笑。即使只是幽默的諷刺，在一九八〇年代初，也是不被容忍的。

其實，白萩在一九七〇年十月，就在《笠》三十九期發表〈火雞〉，直指思想檢查制度。這是他參與《笠》創刊，繼《天空象徵》的再突破，和以台南新美街市井生活為主題、以「CHANSONS」為名發表而以《香頌》為名的詩集之後，再發展出來的新形貌。若說楊牧走的是雅語化，白萩的口語化反映的是與學院派有極大反差的社會歷練。沒有學院包袱，注重精神，認為比感覺重要的白萩，走了自己的一條詩人之路。

〈火雞——庭院事〉

輪到他登場
火雞在地球上闊步
自吹有一個使命
抬頭向天空激昂作誓
天老爺高在他的頭上
其他
都低在爪下
而狗睡死在門口
貓偷食在廚房
世界由他在巡視
駕著他的坦克
威風凌凌地輾過街角
而螞蟻沉默在牆角
就讓他們賣命的建設

只要不咬他一口
火雞巡視著世界
東翻翻西抄抄
好像這個世界是他的東西
自由？自由？
如果你質問他更理直：
自由！自由！
自由是可口的食物
他吃一口自由叫一聲自由
然後嘔一口酸污的自由
濺給那些螞蟻領受

〈火雞〉的副題是「庭院事」，有些此地無銀三百兩的調侃。說是庭院事，但讀起來就知以小喻大。早於〈廣場〉的一九八二年有十二年之久，在《笠》發表後，居然沒有什麼事！一九九七年，我以二十位台灣詩人的政治情境出版了《綻放語言的玫瑰》（玉山社出版），每位詩人收錄二首詩，白萩的作品即是〈樹〉和〈火雞〉。在每一首詩的解說，我就直指這首詩是針對統治權力當局，以火雞和螞蟻的反差，呈顯壓迫者和被壓迫者。〈廣場〉相較之下不過諷刺而非控訴，而且相隔十二年之後，戒嚴宰制的思想檢查仍然留下一頁被書寫、追訴的惡劣事跡。

戒嚴時代不只少有抵抗意識的詩篇，相反的有許多附和國策、附和黨國意識的詩。戰後台灣文學的轉型正義要有戰後德國《納粹德國文學史》那樣的清理，讓文學的時代政治病理曝光在病歷卡，才能使真理的倫理條件獲得彰顯，而非略而不提，是非不明。凡走過必留下足跡。詩人們在戒嚴統治長時期是否有違背詩人的條件？附和不當的統治權力，成為波蘭詩人米洛舒（C. Milosz，一九一一～二〇〇四）所指責的「官方謊言的共謀」？在波蘭詩人羅塞維茲（T. Różewicz，一九二一～二〇一四）詩〈死後的聲名〉裡：「小孩／獻花／是有罪的／情侶是有罪的／有罪的是詩人們／有罪的是那跑走的人／那些停留的人／那些說不的人／和那些不說什麼的人」，也有令人動容的自我究責。在二戰時期，猶太人被納粹大屠殺，波蘭女詩人辛波絲卡（W. Szymborska，一九二三～二〇一二）也有扣人心弦的話語：「只要你活著，就不能說你是正當的！」而我們的國度呢？經歷戒嚴統治長時期，我們的詩的精神史有什麼樣的反思？

台灣的戰後詩是在沒有戰後意識的狀態下出發的。本土的詩人們因國度轉換的政治變遷和語言斷裂跨越的雙重困境而瘖啞失聲，在一九四五年到一九六四年之間，失去主體發言權，而以中國來台詩人和中國語文主導的新詩運動或現代詩運動為首，戰後的台灣詩史因而形成以中國新詩或現代詩運動為序說的詮釋邏輯，加上戒嚴長時期籠罩在黨政軍特宰制之下，存在著太多文化和政治病理。一九六〇年代中期以後，台灣本土的文化聲音才逐漸重新發聲。但國策已長期影響生態，詩史仍缺乏全面性的自覺和反思。類似白萩的〈廣場〉、〈火雞〉，雖然〈廣場〉常被評論引述，但從一九七〇年代的民眾詩現象——帶有政治詩意味，卻頗多成為反向戰鬥詩，只與戒嚴時期國策文學導向的詩現象反面化而已；更多的是一九八〇年代的大眾詩趨勢，追求市場效應，形成某種流行化迷思。

白萩在戒嚴下的詩風景反映在從《現代詩》、《藍星》、《創世紀》，回歸到本土陣營的《笠》，從《天空象徵》、《香頌》到《詩廣場》的系列作品。他對漢學中文的古典和白話都有所鍛鍊，並涉獵外國詩，而且具有語言的自覺。沒有大多中國來台詩人們的典律包袱，也不受學院的枷鎖限制，更多的生活閱歷和體驗，更血肉化的現實經驗。《天空象徵》系列作品的存在論顯影，《香頌》的小市民生活況味和人生，《笠》創社創刊後，更擴大的視野，開拓了白萩的詩風景。

認為精神比感覺重要的白萩，在《詩廣場》這本一九七五年出版的詩集後記，提到《詩廣場》和《香頌》中的詩作，都是他在台南新美街居住時期的作品，並說他當時進行著多種「主題」、「語言」、「立場」方面的實驗，除了《香頌》的系列性，其他作品繁雜多樣，而以「廣場」為名是說「詩」雖然在每個人的「斗室」中寫出來，但在自己心中，卻願它擁有一個「廣場」式的多樣風貌。

《詩廣場》收錄的一首詩〈SNOWBIRD〉，發表於《笠》四十三期（一九七一年六月號），這一期是《笠》邁向第七年，白萩三十五歲，以時下的說法仍屬青年時期，但以十七歲登場的他來看，已是資深詩人，出版了多部詩集，睥睨詩壇，與林亨泰（一九二四～）一樣是被在台灣的「中國現代詩壇」推崇的兩位《笠》成員。他在《笠》的〈魂兮歸來〉詩壇札記，對活躍的詩人群有銳利的點描。

這期間，白萩也對戰後日本重要的《荒地》詩人田村隆一有所論介。在美國愛荷華大學國際作家工作坊與田村隆一有過對話的瘂弦對之推崇備至，而白萩以一篇〈或大或小〉對田村隆一作品既肯定也有批評，展現了白萩批評策略的銳利一面。提到田村隆一〈幻想的人〉，是其最富個人性的作品，但對田村隆一在日本受稱譽的〈立棺〉、〈三個聲音〉、〈沒有語言的世界〉則不然，並認為其語言的螺旋，其形式的發展，顯露了艾略特方法的基模。這種基模也曾出現在白萩〈風的薔薇〉。〈SNOWBIRD〉這首詩，也在語言、形式上展現了類似風格，但〈SNOWBIRD〉留下白萩在戒嚴時代的見證，應該是戰後台灣詩精神史的一座詩的界碑。

與白萩常被提及的〈流浪者〉呈顯的是存在的孤獨，與屬於自然的、宇宙的孤獨不同，〈SNOWBIRD〉是政治情境下的悲愴光影。並不只是一般的人的存在，更意味著詩人的存在。發表於一九七一年的〈SNOWBIRD〉，時間介於《天空象徵》和《香頌》之間，卻收錄於一九八四年出版的《詩廣場》，在一九八二年《陽光小集》披露的〈廣場〉之後。收錄在《美麗島詩集》這本一九七九年出版的《笠》詩選，則晚了五年。

比起〈流浪者〉，白萩的〈SNOWBIRD〉較少受到討論。我在《自由星火》這本二〇〇九年紀念鄭南榕為自由殉道二十年的詩集，選錄了這首詩。一九八四年，林亨泰主持，由《現代詩》和《台灣日報》副刊共同主辦的「白萩詩集《詩廣場》討論會」，商禽以「主題變奏」引申音樂技巧的主題變奏：迴旋曲、賦格，談音樂技法在白萩詩，談的是形式，沒有觸及主題、精神，〈SNOWBIRD〉的意義也未被彰顯。或許是戒嚴體制下，台灣的許多詩人們不想碰觸這樣的課題。

〈SNOWBIRD〉是一首八十九行的作品，以音樂形式而言，分為三個樂章。第一個樂章和第二、第三樂章的開始，分別是：

1.

不要輕易地觸探我的主題
生存或死亡，不要
觸探我的主題
現在一株樹生存只生存
在整個冰雪的象徵中
（後略二十四行）

2.

不要輕易地觸探主題中的我
你唯一的論證

不能觸探主題中的我
現在一隻鳥生存只生存
在整個冰雪中的一株樹
（後略二十四行）

3.

不要輕易地歸納我的生
你唯一的論證
不能歸納我的死
現在一株樹一隻鳥生存只生存
在整個冰雪整個死亡的象徵中
（後略二十六行）

登場的是我、你、樹、鳥……交纏著生、死、思想、批評、筆、歌唱……我是發言者，而你是指謂的對象。從文本和語脈，可以說指謂的是某種統治權力。而情境是冰雪，這對於樹和鳥而言是生存和死亡的關聯性威脅。詩中對你的指控並沒有素樸寫實主義手法的具體對象，在小說中常是機構或單位，而詩則不。白萩以我在樹、鳥、冰雪和你之間，展開三段論、三個樂章，以音樂形式流動，卻又以繪畫形式呈顯的精神批評、政治控訴，演繹出具有戲劇效果、舞台效應的動人演出。

三個樂章中，每個樂章都有三節各二行間奏或副歌的行句，穿插在七十七行主題詩句之間：

1.

我沒有生存的主題
沒有在生存中生存的主題
××
我沒有死亡的主題
沒有在死亡中死亡的主題

2.

生存中沒有我的主題
生存中沒有我生存的主題
××
死亡中沒有我的主題
死亡中沒有我死亡的主題

3\.
生存中有我死亡的主題
死亡中有我生存的主題
××
死亡中有我生存的主題
生存中有我死亡的主題

〈SNOWBIRD〉中，演繹的是對思想控制的批評和抵抗，與一般政治詩的寫實、直白，特別在解嚴以後許多民眾詩的詩藝忽視是不一樣的。鄭南榕殉道二十周年紀念會，我朗讀白萩的〈SNOWBIRD〉，一言一句彷彿戒嚴時代歷史的刺痛。

我體認你的冰雪
在被收押的筆的歌唱
熱血的價值和嘴的自由
我體認了冰雪的你

戰後台灣詩的精神史應該發現的是這樣的見證。在冰雪中被收押的筆和歌唱，怎樣藏在詩的行句裡，怎麼寄託在詩的隱喻中。看看完整的八十九行詩〈SNOWBIRD〉吧！這首詩見證了戒嚴長時期台灣的精神處境，也見證了詩人的語言和想像力如何在被政治破壞的困境自我求生。

從工廠到事務所的變遷，在台灣與世界梭巡

——勤勉的耕耘者李魁賢

李魁賢（一九三七～）是《笠》創社、創刊，即時加入為同仁的。一九三〇世代成員，與創辦人趙天儀、白萩同世代。白萩早慧，幾乎與一九二〇世代的林亨泰同時在現代派的運動就有耀眼的角色，相對地他與趙天儀則重在《笠》的位置。趙天儀在《笠》早期的編務和社外聯繫，居功厥偉，而李魁賢一直在世界詩的譯介，投入甚多。他們三人是《笠》一九三〇世代的重要成員。

一九六七年六月號，《笠》十九期的「笠下影」，介紹了他和金軍（一九四九年在上海出版第一本詩集《碑》，一九五〇年在台灣出版詩集《歌北方》的將軍詩人），說李魁賢「不輕言虛無，不賣弄技巧，而是打從生活的本位出發，有一份怎樣的感受就有一份怎樣的表現，純樸而真摯」，與他同齡的白萩強調技巧論的偉大，李魁賢顯示極大的反差。

李魁賢自述：「詩，就是這麼一回事。不需要什麼宣言，也不必喊出口號。生活，就是我的詩；詩，就是我的生活。」李魁賢詩的特徵則是「早期的一些作品戲劇性不夠鮮明，在明麗中缺乏某些流動性的韻味；但他近期的一些作品，就強烈了許多，詩情跟著濃厚，詩趣也隨著異樣的變化多端，富於機智的表現」。並說他「接觸了一些德國詩以後，……並且也嘗試翻譯

里爾克以及其他詩人的作品」。這是李魁賢仍以筆名「楓堤」發表作品的一九六〇年代中期，他在《野風》及《葡萄園》出版《靈骨塔及其他》、《枇杷樹》之後，在笠詩社出版《南港詩抄》的階段。

〈值夜班的工程師〉

夜，掙扎著
彤色的眼睛
徘徊在遠方的展望

青草地上
揚著蹄子的小羊呢
四周盡是水泥地
粗糙得像腐蝕試驗過的樣片
灰濛濛的水泥地

　禁止踐踏
而又禁止僭越

而又禁止吸菸
夜，掙扎，掙扎著

在十六角的塔下
值夜的工程師
用濾斗似的眼睛
過濾著顫聲的夜

從文學青年時代的詩情，進入化學工程師職場經驗階段，李魁賢在楓堤時期已觸探他的現實生活。他在南港的台肥工廠留下《南港詩抄》，也成為他之後「現實經驗藝術功用論」的奠基思維與實證。詩人也是值夜班的工程師，讀化工的他有工程師的身分，比起一般文藝青年的調性，踏實了許多。他在工廠的空間，在值夜班的時間，思索自己，也觀照場域。

一九六八年，我開始在《笠》發表作品，隨後並加入笠詩社為同仁。李魁賢和白萩、趙天儀等一九三〇世代同仁是我輩一九四〇世代的兄長，與一九二〇世代的父執母執輩一樣受尊敬，也從他們身上學習到詩人的人生態度、創作立場。李魁賢在《笠》十一期（一九六五年十二月號）開始譯介德國現代詩選，我加入笠詩社後，從合訂本追溯閱讀。賓恩（Gottfried Benn）、忒刺柯（Georg Trakl）、赫姆（Georg Heym）、普雷錫特（Bertolt Brecht）、舍楠

（Paul Celan），都在一九六〇年代末就知曉。普雷錫特和舍楠就是布萊希特和保羅・策蘭（是德語詩人而非德國詩人）。里爾克在李魁賢的譯詩業績裡也是那時期就開始耕耘的。一九六〇年代中期，《笠》創刊以後的創作、評論、翻譯，展開某種台灣現代詩的重建，諸多一九二〇世代、一九三〇世代的努力，並不盡受到重視，但我受益良多。

李魁賢譯介里爾克，應該受到詩人方思的影響。方思譯介過里爾克，《新詩集》、《形象集》成為他譯事的標竿；對李魁賢的詩也不無影響，《赤裸的薔薇》這本詩集就顯現了這種心靈投影。

〈不會歌唱的鳥〉

起先只是好奇
看鋼鐵矗立了基礎
接著大廈完成了
白天，窗口張著森冷的狼牙
夜裡，窗口舞著邪魔的銳爪
對著我們的巢

因為焦慮，聲帶漸漸僵硬了

有如空心的老樹
於是人類在盛傳：
鳴禽是一種不會唱歌的鳥

都市化、工業化的視野出現在李魁賢的詩，是繼他在《南港詩抄》後，更擴大的觀照。里爾克的嚴密和造型的講究，讓他的作品展現了比自然流露更為扎實的詩性質素。借鳥的處境喻示環境變遷，其實也隱喻了在不民主的政治狀況下，人民口舌的瘖啞情境。

李魁賢的這類政治喻示，也在他一九七〇年代初的〈鸚鵡〉裡。這是他常被提到的一首詩。

〈鸚鵡〉

「主人對我好！」
主人只教我這一句話
「主人對我好！」
我從早到晚學會了這一句話

遇到客人來的時候
我就大聲說：
「主人對我好！」
主人高興了
給我好吃好喝
客人也很高興
稱讚我乖巧

主人有時也會
得意地對我說：
「有什麼話你儘管說。」
我還是重複著：
「主人對我好！」

戒嚴長時期，統治體制強迫人民順服，禁止異議。以奴僕與主人的對應關係，用會模仿人語的鸚鵡巧妙地只重複「主人對我好」，諷刺習慣了的被宰制狀況，帶有批評性，也相當幽默。他從鳥語寫到三牲，有禽有獸，從其屬性發揮想像，探觸延伸的存在課題。從工廠詩抄到事務所的詩，都是生活的凝視。開設專利事務所的他，留下的生活印記，把辦公室玻璃門享受日光浴的蒼蠅、購買複印機、創業的辛酸、交辦案件的緊湊狀況，都寫入詩裡。也以民謠〈雨夜花〉、〈燒肉粽〉、〈望春風〉延伸詩情。

一九七〇年代初的李魁賢，既從《赤裸的薔薇》確證內心的真實，也在事務所捕捉生活情境，在民謠曲調吟詠生活辛酸，也面對人間百態抒發同情心。這時期，白萩在台南的新美街詩抄系列和李魁賢的事務所系列相映成趣。

在不被信賴的世界裡
不被信賴的生命的一男子
倉皇走過無人的街上
——〈清晨一男子〉

這是面具的世界
這是丑角的世界
——〈面具〉

在廢氣汙染的天空下

被擠出的眼睛總是先看到
迷你裙，公共電話亭，警察局
然後是巍峨的銀行

——〈地下道〉

白萩的新美街在台南，李魁賢的事務所在台北林森北路。白萩的新美街以法國香頌（Chanson）調性為參照，李魁賢的事務所詩系列相對的譯詩歷程既有里爾克，也進入黑人詩選的系列引介。白萩歌謠化以對小市民生活的面向，李魁賢較拘謹凝視一般現實課題。〈擦拭〉取自職場的體認。

〈擦拭〉

白紙上留下的汙點
想用暴力的手指擦拭
無法掩飾的紀錄
想用刀片細心刮除

再好的技術

也會傷害到無瑕的紙質
纖維的血管被割斷後
怎能彌補平勻的完整

在心靈的宣紙上
不小心弄汙了怨恨的斑點
要用愛的畫筆加以渲染
自負的手不要輕易擦拭

〈擦拭〉從事務所的工作或生活經驗捕捉暴力和刀片無法擦拭汙點和紀錄，延伸到愛的畫筆和自負的手的差異，從日常事務轉而心靈事況，顯示寫作者的細心與巧思。這首詩常被提及，相當具有李魁賢詩的代表性，平實而生動。李魁賢的詩，早期源於生活，從化學工廠的工程師到專利事務所的經營者，他沒有過度龐大的思維，過於沉重的主題。早期在《野風》、《葡萄園》的觀念性抒情，有他原初的一面，加入《笠》的陣營，在譯詩的領域探索，也對現實經驗有更深刻的體認，交織在他的作品裡，逐漸形成他的風格。他的現實經驗、藝術功用論主張逐漸形成。一九七七年，鄉土文學論戰發生前後，他已展現踏實的一面，在平實、穩當的詩業散發他樸素的容顏。

一九八〇年代的李魁賢，他的詩有更多的世界性觀照。我喜歡他的〈那霸之冬〉和〈輸血〉這類作品。

〈那霸之冬〉

用曾經持槍和握佩刀的手
已經不見了的手
以不銹鋼代替的畸形的手
支撐在被傷害過的大地
跪在那霸街頭
墨鏡可以防止太陽光的暈眩
草綠軍帽使光頭
永遠免對羞於相見的天
手風琴哀怨著
終戰前地下決死戰壕內
被軍國主義所剖腹自裁的同志
哭泣的心
用殘軀向誰控訴呢

軍機一批一批呼嘯劃空而過
青少年一批一批喧嘩橫街而過

這首詩敘述的是二戰後的那霸景況，透過裝了金屬義手的軍人跪在街頭，彈奏手風琴行乞的場面，寫戰爭的傷害。以美軍在沖繩基地的軍機和街頭青少年交互的呼嘯和喧嚷，刻畫戰後的狀況。詩裡控訴軍國主義，緬懷參戰被犧牲的伙伴，流露反戰精神——用殘軀向誰控訴呢？詩裡流露著憐憫之情與批評之意。

〈輸血〉也是李魁賢一首對於當代世界極具觀照性的詩。社會是人的組合，國際社會更是不同人種、不同國家的組合。在民族的意義上，在國家的意義上，人類相互競奪。人類歷史既是文明的發展史，也是戰爭與掠奪的歷史。國家主義歌頌戰爭、競逐國勢，二十世紀，兩次世界大戰意味著世界性的血肉化概念。戰爭破壞了人的生命，破壞了城市和鄉村，也破壞了語言和想像力，亦即破壞了詩。〈輸血〉是不同的人相互輸送血液，以拯救失血者的生命，是與戰爭本質相異的人間關係。透過捐血者血液全捐輸給不知名的別人身上，有人間的融洽觀念。從個人的輸血的鮮花開在隱祕山坡綻放不可言的美，到隱喻戰火的大規模輸血，對照世界性災難，迸濺的血跡就是一頁隨風飄零的花瓣。輸血的視野在相對性中意義擴大、延伸。

二〇〇〇年，我主編出版《台灣詩閱讀》，從吳瀛濤到許悔之，以「探觸五十位台灣詩人的心」為引題，以一首詩一篇解說隨筆呈現。當時選入了李魁賢的〈歲末〉。他以街頭抗爭留下的鐵絲網描繪歲末景象，見證了台灣民主化運動的歷程。

〈歲末〉

看不到燦爛的夜景
裝飾起來的節慶

在反光玻璃圍牆的室內
咖啡的濃香
政治　革命　愛情　性
熱絡的話題
烤著暖和的心

走到街上
歲末的冷風吹著
心漸漸冷下來
腳步漸漸沉重

殘餘的鐵絲網
還留在安全島上

歲末、歲初的節慶都有許多裝飾，裝飾起來的年慶有嘲諷的意味，對照留在安全島的鐵絲網，有對安全的反逆性。生命的冷風，心情的冷、腳步的沉重是走到街上的現實感，相對於咖啡館裡環繞政治、革命、愛情、性等等話題的溫暖，極為不同。

他的現實觀照不只在台灣，也在世界，在本土性與國際性的現實梭巡。二〇〇四年，我主編的《新台灣詩選——啊，福爾摩沙》選編從巫永福到許悔之，另加與台灣有特殊關係的增田良太郎（本名陳樑增，歸化為日本籍）、北原政吉（在台灣就讀小學、師範學校的日本人）、北影一（在台灣居住二十六年的韓裔日本人），共五十位詩人作品。我選了李魁賢的〈沙漠〉，是台灣少有的觸及波灣戰爭的詩。

〈沙漠〉
是誰在沙漠上
架好的槍口
插上春天未到臨前
早開的鮮花

黃沙滾滾
花瓣上有天空的血跡
是誰在沙漠上
啞口的層層荒蕪中
羅列久久猶不肯瞑目的
望著天空的頭顱

黃沙滾滾
眼瞼上有天空的淚痕

二十世紀末和二十一世紀初，兩次波灣戰爭，是一九六〇年代越南戰爭後，又被看見的，美軍介入區域的大規模戰火。波灣戰爭更是發生在阿拉伯地區的以阿多次戰爭後，讓人觸目驚心的衝突。李魁賢的這首詩直指沙漠戰爭，槍口插上的鮮花和啞口羅列的頭顱，對照呈顯的正是死傷的景象，詩人對於戰爭的控訴反映他的和平主義立場，他在那霸看到的街景，有戰爭遺留的不幸人間，在沙漠更看到戰火的不幸。

從工廠、事務所，李魁賢從生活捕捉的詩意具有某種真摯，與玩弄文字的詩藝現象不同。他平實地觀照，對於自己觸及的環境有所省思。進而擴大視野，從自己的生活到世界。因為譯介世界詩，也因為專利代理業務常出國參加發明展，旅行許多國家，讓他的眼界更為開闊。他有許多詩是旅行的心境與風景，對世界的風土與人情有所描繪。

其實，早在一九七〇年代，他就有梭巡世界的詩，有觸及歷史現實的〈孟加拉悲歌〉，反映他在長篇敘事詩的嘗試，長詩也有他參加時報文學獎徵文的〈國際機場〉，更有〈二二八安魂曲〉，這首二〇〇四年發表的四章作品，並由柯芳隆譜曲。這顯示李魁賢創作的企圖心，但我更喜歡他觀照現實生活及梭巡世界的二〇〇〇年以前作品，精簡嚴密，在敘述語境中捕捉的詩意情境，他常被提及的也是這樣的作品。同齡的白萩在一九九一年的《觀測意象》詩集之後，已沒有作品。而李魁賢在二〇〇〇年之後，仍持續有作品發表。

我曾想以「聲嘶力竭、喊破喉嚨」為題，嘗試評論李魁賢二〇〇〇年以後的詩。想對持續不輟的他作一些探索，但未完成。解嚴後，台灣在民眾詩和大眾詩顯現了相對於戒嚴時代的詩風景，許多詩相對地平易，流於即興，任意敘述。不講究造型的風氣反映了有Poetry但無Poem的現象，之前的有Poem但無Poetry的文勝於質，似乎反過來質勝於文。詩的閱讀與欣賞，趣味喪失。也許因為被賦予詩人的社會責任，詩人承擔了更多的現實觀照，心存所感發言成詩，似成為與競用追逐晦澀的時代反面現象。詩與散文無界限，我手寫我口、不講究詩法、不注重形式的現象氾濫成風，李魁賢應該也承擔現實觀照的風險。他是一九三〇世代詩人的長青樹，二十一世紀初，既有《李魁賢詩集》六冊，及有《李魁賢文集》十冊，《李魁賢譯詩集》十二冊由文化部門出版。他的《歐洲經典譯叢》系列也展現了他譯介歐洲詩的努力。

進入二十一世紀之後，李魁賢在世界詩人的交流，有他的業績。他的一股拚勁，後來更成為世界詩人運動組織（Movimiento Poetas del Mundo）這一個由智利詩人曼佐（L. A. Manzo）創辦團體的副會長，經常穿梭在許多國家，帶著跟隨他的一些年輕詩人進行國際交流。他也主導福爾摩沙國際詩歌節，從台南後來在淡水舉行，成為極具李魁賢色彩的國際交流風景。從《葡萄園》、《野風》到《笠》的李魁賢，是一九六〇年代末，加入《笠》的我學習的對象，他不像同為一九三〇世代白萩詩的早慧，但持之以恆，走了比白萩更長的詩人之路，他翻譯世界詩的業績顯示他勤學的一面，更為台灣的閱讀者擴大視野，也印拓他翻譯家的形跡。

關於公理與正義的問題

——楊牧謹慎小心的藝術涉事和介入

楊牧（一九四〇～二〇二〇）大概是戰後台灣詩人中最致力於白話中文鍛鍊的一位。他和較早於他三年出生的白萩，同為戰中世代另一位也致力於白話中文鍛鍊的詩人不一樣，白萩在《天空象徵》的口語化對照了楊牧一直以來的雅語化。一位是在社會打滾，另一位則徜徉在學院裡。若說什麼是學院派，楊牧當之無愧。

學問性而非經驗性，楊牧的詩顯現了一種出於書海，某種博大和精深的企圖。既出於中國《詩經》以降的傳統，也出於英詩，甚至溯及味吉爾（古羅馬時代詩人）這種更早的詩歌傳統。他咬文嚼字地鍛鍊，像煉金師一般於語字的火的熔爐和水的冷卻交互之間捶打，但不一定想要捶打出民族的良心。畢竟，在愛爾蘭和英國之間，用英語的愛爾蘭詩人群，葉慈和黑倪，都有異於英國的國家、文化志向。而戰後台灣的漢字中文詩歌，這種為自己土地和人民捶打民族良心的詩人，並不在台灣詩壇顯學群裡。

翻閱《楊牧詩選一九五六～二〇一三》，收錄了後葉珊時期（一九五六～一九六六）到楊牧時期（一九六六～）的作品，我在扉頁裡隨興寫下幾則筆記：

形式：古典的
心性：浪漫的
××
文言雅語，古典律則
賦，比，興
××
來自音樂與意象
交陳錯綜的情境
顯示一種技藝的鍛鍊
××
喜愛冷僻怪字
流露某種玄祕
××
在介入與非介入之間
××
濃稠
繁複

××
技藝的大師
××
比余光中深沉
比洛夫柔美

這當然不足於盡釋楊牧的詩人風格。對於這樣一位認真的詩人，從葉珊跨到楊牧，他除了成為一位漢語詩歌和英詩的學者，也不斷以一本又一本詩集顯示他的詩人位置，建立相當的地位。當然，他還是一位散文家。其實，重要的、真正好的詩人、小說家，都留下散文作品。但不像台灣或中國，成為一種特別的文類。

我回想起一九七二年四月號《笠》四十八期刊載的〈蓋棺話葉珊：傅敏（李敏勇）、陳鴻森對談〉，是初生之犢，兩個年輕的詩人，甘冒大不韙，對一位已有地位、敢於否定從前的自己、另以新的名號追尋的前輩說三道四。那是在〈招魂祭〉一文之後，我的批評性觀照，我以為文學界理當如此。當年，曾聽說《人間副刊》有一篇楊牧的回應文章，可惜未見刊出，無緣知道他的意見。倒是後來，我在《自由副刊》的「台灣詩閱讀」專欄，每周解說一首詩，選讀了他的〈航向愛爾蘭〉，並且同意收錄在那本五十人詩解說裡。一九九九年，我主持摯友英文學者吳潛誠（一九四九～一九九九）追思會，與故人亦師亦友的他也上台致詞。歷史學者杜正勝出任教育部長時，請我主持青少年台灣文庫編委會，在三十六冊文學讀本中，有九冊新詩讀本，也選了多首楊牧的詩。

楊牧有一首詩〈有人問我公理和正義的問題〉，是他的告白，透露他的詩觀。這是一九七〇年代中期到一九八〇年代中期的作品。那正是從鄉土文學論戰到解嚴的台灣政治改革運動急遽化時期，許多詩呈現一種「民眾詩」的形貌，與後來「大眾詩」不盡相同的走向，詩人們被賦予介入的責任，或迎向大眾消費化。左翼傾向社會性視點更以強調倫理性而被視為比美學性更重要。在右傾化長期性國策文學宰制下的戰後台灣的文學現象襯托下，相對缺乏的左翼文學觀這時也以民眾詩的動向出現，甚至流於口號，成為五〇年代戰鬥詩的反面鏡像。

在鄉土文學論戰前的現代詩論戰，楊牧也受到批評砲火的波及。藝術與社會，純粹和參與始終未在戰後台灣的現代詩運動獲得釐清。高蹈、疏離、晦澀，難懂的詩現象讓台灣成為無詩的國度和非詩的時代，詩只流傳在詩人的小圈子，不能成為時代和社會的聲音。但一些批評也不見得是真正的藝術和文化批評。最終，也未改變許多被砲火波及的詩人版圖。顯見，真正的藝術和文化批評仍然有形式和內容，或說有造型和精神的外部和內部條件，不是口號。

說楊牧在學院的象牙塔裡，不關心現實社會，也不盡公允。一九七九年十二月十日，美麗島高雄事件發生之後，在美國的二十七位台灣出去的詩人、作家、學者，連署要求對事件被逮捕人士公平公正處理，並特別聲援楊青矗、王拓兩位涉案被捕的小說家，楊牧就是簽署的詩人之一。二十七位簽署人，包括陳若曦、莊因、杜維明、阮大仁、李歐梵、張系國、許文雄（達然）、鄭愁予、鄭樹森、楊牧、許芥昱、歐陽子、葉維廉、田弘茂、張富美、白先勇、謝鐐章、余英時、許倬雲、陳文雄、張灝、劉紹銘、石清正、林毓生、水晶、楊小佩、洪銘水，統獨傾向均有，自由派成分都重。

涉事小心的楊牧，一九七〇年代中期，有〈禁忌的遊戲〉四首，以西班牙佛朗哥政權時代的政治情境，把愛情、革命、迫害、死亡交織在包括羅卡（Foderico Lorca，一八九八—一九三六）等詩人的際遇，遠距離、遠時間地觸探關懷與介入的主題。詩篇以〈禁忌的遊戲〉為名，這是一首西班牙吉他曲，也成為一部法國電影的片名。是對軍事獨裁的沉痛控訴。

對照他為美麗島事件受難者，家門母女三人死於被政治暗殺的林義雄的〈悲歌為林義雄作〉（一九八〇年三月作，原刊《八方文藝叢刊》，不見於那期間楊牧詩集，一九九五年才收錄《楊牧詩集II》），更見他的現實涉事。擔心「為了換取另一種身分的認同而犧牲了詩」的楊牧，仍以「參與是應該的，而只要你知識良心存在，參與是不難的；惟全身而退端看智慧與決心。」不想被時代限制的楊牧為林義雄寫了悲歌，顯見謹慎的楊牧對林義雄受難的事件不能置身度外。

逝去的不祇是母親和女兒
大地祥和，歲月的承諾
眼淚深深湧溢三代不冷的血

在一個猜疑暗淡的中午
告別了愛，慈善，和期待
……（略）
回歸多水澤和稻米的平原故鄉
回歸平原，保護她們永遠的
多水澤和稻米的平原故鄉
回歸多水澤和稻米的
回歸我們永遠的
平原故鄉。

——楊牧〈悲歌為林義雄作〉

在藝術與介入、純粹與參與之間兩難的楊牧，以他執著的藝術態度，還是為林義雄的際遇發聲。一九八九年，中國發生六四天安門事件，楊牧以〈在一隊坦克車前〉，遠距離描述那一幕場景。擋住坦克車的「你」和鎮壓的「他們」在「我」和「全世界」之間，構成一幅歷史風景。楊牧以四行的結尾鋪陳他關注的心：

天地屏息，全世界都在看你

我跟著說：你晶瑩冷冽
滾燙通紅是火焰中，火焰中
先人一滴不忍的淚

他又有〈你也還將活著回來〉悼六四亡者，結尾的行句，「我」與亡者之一的「他」留下這樣的聲音：

「但我其實並未真正死去」
他揶揄說道，對我：「我走過
一座廣大的廢墟，野草
和麥苗雜生……」知更鳥跳躍
在乾涸的水井轆轤，烏鴉聒噪
而我不知道你死了沒有，我陪你
走過無邊的廢墟，即使死去
我知道，你也還將活著回來

楊牧的介入，更多的是國際，而不是台灣這個國家定位不清、認同混淆的國度。他以〈失落的指環〉寫車臣，是令人動容的一首長詩。三十二節一百二十八行，為車臣而作的這首詩，為遠方俄羅斯殺戮、打壓的車臣獨立運動，譜寫了既壯且悲的奏鳴曲。抒情與敘事交織在行句之間，閱讀者屏息著對照狙擊手在詩中的屏息，車臣戰爭中，一位為祖國獨立而投入游擊戰的青年，在俄羅斯軍隊攻下車臣首府果羅茲尼，宣稱已控制之際，參與獨立運動的故事。游擊隊的狙擊手，伺機槍殺掠奪的俄羅斯軍隊士兵，一名佯裝已死的車臣女子手上戴著的一枚指環被俄羅斯士兵強卸不下，被以刀截取之際，指環脫落，士兵擬以火焚燒，霧溼而未能點燃火苗，倉皇離去，車臣狙擊手從準星看現實場景，不服不屈的車臣獨立意識與俄羅斯侵略的殘暴相對映，藉由一女子指環的失落，在抒情中見證了悲壯的車臣獨立樂章。楊牧在二〇〇〇年台灣總統大選前夕的這首詩，對於台灣的政治處境有一種不喻而明的觀照。再看他對於愛爾蘭獨立，以葉慈為鏡的一首詩作，更可看出他謹慎而為而不為的一面，可惜，新版《楊牧詩選》（二〇一四，洪範）不見這首台灣的讀者應該關注的詩篇。兩首六四有關的詩作也未收錄。

詩人可否回答有關公理與正義的問題？又應如何回答？這是正常國家的詩人們也面對的問題，舉世皆然，並無定論，只有相對意見。藝術派、社會（介入）派或純粹派、參與派，在日本、韓國等台灣近鄰，而且歷史際遇有關聯的國家，都是詩史觀照的課題。但以藝術的條件，以藝術的完成去介入社會，應該有某種共識，純粹或參與的論點，也應當作如是觀。

楊牧的〈有人問我公理和正義的問題〉是一九七〇年代中後期的詩情和詩想告白，也是一種轉折。關傑明當年引發的現代詩問題論戰，是有一些問題意識，但並未解明在台灣的現代詩諸問題。楊牧的這首詩也可以說是一種回答：

有人問我公理和正義的問題
寫在一封縝密工整的信上，從
外縣市一小鎮寄出，署了
真實姓名和身分證號碼
年齡（窗外在下雨，點滴芭蕉葉
和圍牆上的碎玻璃），籍貫，職業
（院子裡堆積許多枯樹枝
一隻黑鳥在撲翅）。他顯然歷經
苦思不得答案，關於這麼重要的
一個問題。他是善於思維的，
文字也簡潔有力，結構圓融
書法得體（烏雲向遠天飛）
晨昏練過玄祕塔大字，在小學時代
家住漁港後街擁擠的眷村裡
大半時間和母親在一起；他羞澀

敏感，學了一口台灣國語沒關係
常常登高瞭望海上的船隻
看白雲，就這樣把皮膚曬黑了
單薄的胸膛裡栽培著小小
孤獨的心，他這樣懇切寫道：
早熟脆弱如一顆二十世紀梨

這是六節、一二九行的起首一節。楊牧在敘事中賦予情境，賦比興盡俱，「他」是寫信問問題的青年，「我」是受信者。在外縣市一小鎮的他是有憤怒、詰難和控訴的，是一個所謂的外省父親和本省母親的孩子，父親在海島（台灣）的高山地帶（梨山）種相當於華北平原的水果：二十世紀梨；母親為人幫傭洗衣，但他是班上穿著最整齊的孩子；父親的故鄉是中國，母親教他唱日本童謠；他說自己早熟脆弱如一顆二十世紀梨。詩中並未指出提問青年他那「以抽象的觀念分化他那許多鑿鑿的／證據，也許我應該先否定他的出發點／攻擊他的心態，批評他收集資料／的方法錯誤，以反證削弱其語氣／指他所陳一切這一切無非偏見／不值得有識之士的反駁。」的實際內容，只說「發信的是一個善於思維分析的人／讀了一年企管轉法律，畢業後／半年補充兵，考了兩次司法官……」或許暗示他的憤世嫉俗，是有這種不順遂經歷，他是大學修習了許多學科「善於舉例／作證，能推論，會歸納。」而且「充滿體驗和幻想／於冷肅尖銳的語氣中流露狂熱和絕望」的人。看到他信紙上「淚水的印子擴大如乾涸的湖泊／濡沫死去的魚族在暗晦的角落／留下些枯骨和白刺」，但楊牧指陳了他的問題時，並未實際舉證公理和正義的具體課題，只留給閱讀者想像，只能從身世、經歷的語脈解讀。「不是先知／他不是先知，是失去嚮導的使徒——」的結尾，在「他單薄的胸膛鼓脹如風爐／一顆心在高溫裡熔化／透明，流動，虛無」的論斷中，讓人感受到楊牧相對地冷靜以對，似乎回應說自己並不予或無法回答，不願回答。楊牧只敘述問者的情境，顯示他在一九七〇年代中後期的詩性堅持，似乎也回應現代詩論戰時被流彈波及的告白。

〈有人問我公理和正義的問題〉是說詩人並不能詮釋公理和正義的問題，有一種對法政者的相對觀點。但這首詩點出了一些涉事的介入課題，也算是另一種介入、涉事。這首詩對許多概念敘述的詩人，繁複的敘述、比喻、象徵交錯使用，比一般的平庸敘事富有詩味。在結構上，不只是敘述他，也敘述我，更以（）行句插入劇場效果的情境氣氛。有些行句還幽默地留下像「學了一口台灣國語沒關係」和「可能大概也許上了山」這樣的句子。

楊牧是一位典型的學院詩人，他在東西方的古典詩學典律中沉浸，是書房型而非社會型詩人，但若說他不涉事、不介入，是不公平的，只是他謹慎、小心，以藝術為主，琢磨詩藝不輟。這是他的詩人像，也成了他作品的鮮明風格。若以最新的《楊牧詩選》為例，從一九五六至二〇一三年的詩歷，仍收錄在內的〈禁忌的遊戲〉一～四以及〈有人問我公理和正義的問題〉仍在列，似乎在他藝術與純粹的堅持裡也留下一些現實和介入的指涉。除了原生單冊詩集，合集《楊牧詩集》及《楊牧詩選》，楊牧詩的造型、精神應已呈現頗為完整的形貌，讀他的詩有各種面向，關於公理與正義的問題只是他的某一側面，一個小小的側面。

在夢與現實的土地穿梭織錦，從愛之繭化翅飛翔在梵唄的音波

——敻虹從紅塵到空門的情念之旅

初讀敻虹（一九四〇～）的詩是在《六十年代詩選》，她與林泠（一九三八～）是這本詩選唯二的兩位女性詩人，「在新起詩人群的沉宏的合唱後面，一個拔尖的、美麗的女高音出現了；那就是敻虹。」這樣介紹敻虹，並說「敻虹的詩給予人的印象是感情真摯，調子輕柔，清澈、精巧、纖美而又奇幻。一般說來，她比我們另一些創作生活開始較早的女詩人顯得更為重視技巧，其對速度、張力、韻與諧音均有細緻的體認；在表現上，她具有克臘西克的節制和勻稱，並呈備一種向為女性詩人所欠缺的理性的深度與嚴密的組織力。」

技巧、「克臘西克」指的應是古典的（Classic），理性、組織力是對敻虹的讚美。那時候，蓉子、朵思、羅英等女詩人都未受垂青，遑論跨越語言一代的陳秀喜、杜潘芳格。一九五〇年代，在台東女中就讀高中時就發表詩作的敻虹，作品選入《六十年代詩選》時是台灣師範大學藝術學系的學生。余光中應該是她的引介人，在《藍星》、《文星》、《筆匯》、《文學雜誌》等刊物。

〈**蝶蛹**〉

當有人在樹下靜坐
是甚麼使你仰臉，甚麼使你望見
那慘金的亮殼？——

希望也曾如此垂掛在
高高的枝椏，如此等待著
夏，我要悄悄迸發——

叩開我的金殼，伸出我的彩翅
以微微的驚歎，以心跳——呵，如此美
難道夢中之夢早被窺知，而石膏像
睜開了眼，當一切都被給以靈魂……

而初遇之初，美羅織成網
有人被縛住，當靜坐在樹下

《六十年代詩選》收錄了敻虹的〈蝶蛹〉、〈逝〉、〈滑冰人〉、〈海底的燃燒〉、〈黑色的聯想〉、〈白鳥是初〉、〈我已經走向你了〉、〈不題〉，都是她後來出版的詩集《金蛹》的作品，這時，她已畢業於台灣師範大學藝術學系，先在台東女中，以及台南新豐中學任教。

蝶蛹既是美羅織成的網，讓樹下靜坐的人仰望，也是會伸出彩翅的金殼。以垂掛樹上的蝶蛹與樹下靜坐的人的相對關係，男女情愫被引喻在一種情境，充滿浪漫性。〈白鳥是初〉則是敻虹自述的珍愛的祕密。她附註在詩末的一段話，與詩行中「撒下網，網住一九五七／我們的初遇」相呼應，應是存念的記憶。

〈白鳥是初〉

而不退潮的念在
島，你雕像的四周昇起
而距離是隻太長的手臂
撒下網，網住一九五七
我們的初遇

那無窮白正成熟著完美
豐盈著生命。從南方的晨裡走來
一棵小草，在足邊
（而許多小草也是如此的）
為它的未定的方向顫慄
所以神，我選擇了你
　從南方的晨

永恆必要地存在
在極地的白裡
而雕刀說
　用你堅定的立姿
　紀念那藏放我的柔弱的心——

＊註：白鳥，代表著我至遠至美的憧夢，那幾乎是不可追尋的幸福。孩提時，我常夢見白鳥，體態嬌小，翎羽瑩潔，靜靜地跳躍於桂樹的細枝間，葉蔭使空氣變得清冷。這一直是我最珍愛的祕密。謹以此詩贈給藍。

這首詩，詩行出現的一九五七，敻虹是台東女中高二學生，已在《海鷗詩刊》、《公論報》、《藍星週刊》發表詩作。詩常帶有詩人的祕密，行句裡的年代記有客觀的時間，「從南方的晨」也有某種空間屬性。但大多意義的解讀在訴說對象的「你」與訴說者「我」之間。少女時期的敻虹在她的詩裡留下某種被解讀，也不盡能被解讀的抒情。

敻虹在《金蛹》時期的作品，不只有「藍」的指謂，出現在詩行裡，也經常出現「神」的指謂，她的信佛，禮佛，入佛，在這一時期即已出現。人間情愫，信仰情愫，交織在她抒情意味濃厚的行句。

在古佛的金額上
與你同聽虔心人低低的禱語
誰是焚身的檀香

——〈虔心人〉

啊，佛釋迦，請為我擎
燦燦的希望，燭之白圭

——〈昇〉

凝定在紙上，神的默思
看我把它畫成斑斑的桃花
——〈慊〉

神是你的心，僅僅是你的心
——〈瞬間的跌落〉

林亨泰曾說，詩人寫詩為的是要追求自己的「神」，說：「敻虹做過這樣的追求，很內密的記下它，把它稱做『神』，或者叫做『藍』。」一九六〇年代，我在讀敻虹詩時，想像她詩意的觸探，並以之與其他女詩人作品相較，有許多領會。

從少女情懷總是詩，到故鄉台東的探觸，敻虹為台東留下多首作品。出生、成長於島嶼南方的我，常想到小時候聽到的〈台東調〉，恆春半島的這一首歌譜，與從恆春到台東「賺食」的鄉土傳聞息息相關。後山的台東常與花蓮連帶在一起，從前島嶼南端從南迴公路，後來也從南迴鐵路連接台東，而島嶼北端則從較早的蘇花公路，後來加上北迴鐵路，經花蓮而台東，台灣東部漫長的海岸線，除了偏北的宜蘭，就屬花蓮和台東了，許多西部人移居花、東；但花、東也有許多人遷居到西部的都市。前者是去墾拓、發展；相對的，後者是發展有成來西部置產。

〈東部〉

我說與你聽
東部，東部是大斧劈的山水
山溶溶，水嘩嘩
卻在一朝
山河的動力，凝成青嵐
洪水銷跡，兆頓的岩層
入定為畫

我說與你聽
火車穿過荒莽的河床
從鹿鳴橋，可以
支頤支到紅葉谷、安通、花蓮港
（略十八行）

可焚的

信帙詩戕
　不可焚的洪荒
　　一概在東部
　　　心遊神馳的東部
　　　　入定為畫的東部……

〈東部〉這首詩寫的是花蓮、台東，從台東縣延平鄉，原名老吧老吧橋，建於日治時期，後毀於風災，已是列管文化歷史資產的舊鹿鳴橋，是一九五九年所建，現是一座吊橋，沿鹿野溪與一九八四年新建的鹿鳴橋並置。但一座橋不只是一座橋，意味著歷史與文化形影。敻虹從少女情懷的浪漫，在地誌詩展開新的詩情。

地誌詩是地理性的詩書寫，與歷史性的詩書寫不同，分別是空間和時間的對應，分別有描景與敘事意味，其實也相互交融。台灣四面環海，中央山脈縱走南北，崇山峻嶺矗立其間，山、海與田園形構這個島嶼樣貌。北部、南部、西部、東部，甚至中部各有風景特色。詩人的家鄉或居所連帶不同的場域，相對被稱為後山的花東，山與海之間因距離侷促，景色秀麗，常被畫家描繪在作品裡，稱為風景寫生，在詩人的行句成為地誌詩，是地誌的詩化。已故的英文學者吳潛誠，生前在東華大學開辦英語系，在花蓮有多年經歷，他就曾以〈閱讀花蓮〉談楊牧和陳黎這兩位花蓮詩人的地誌書寫。

> 我們生長在土地上，土地就在我們腳下，與我們關係密切。但「地誌」其實只是一個符號，標誌，是等待詮釋的，我們應該知道定義常常不屬於被定義的對象，例如地理條件本身，而是屬於下定義者。也就是說，地理現實是等待詩人／書寫者賦予意義，透過藝術的創作，使它有形有狀，而顯示出意義。把花蓮、台東稱作後山，說台灣孤懸海外一隅，把某個地方叫北濱或南濱……這都是從特定立場所做的詮釋。

研究愛爾蘭文學的吳潛誠引述了愛爾蘭詩人希尼（Seamus Heaney）的論點，也引述英國大文豪撒繆爾．強森（Samuel Johnson）有關地誌詩，亦可命名為區域詩（local poetry），是「某個特定風景，透過詩意的描述，佐以歷史回顧和偶發的沉思。從花蓮，應該包括台東，他聯想到島嶼國家愛爾蘭以及關係密切的英國，應該是他的生活經驗，也有他把台灣和愛爾蘭並置的用心。」

地誌詩的書寫在一九五〇年代、一九六〇年代的鄭愁予登山書寫曾出現，喜歡爬山的鄭愁予因此留下一些台灣山嶽、甚至登山口，像〈嘉義〉的詩篇。但較多的地誌詩書寫應該是一九七〇年代以後的事。從前，山禁海禁的戒嚴管制封閉了詩人的現地、現實省察，詩情詩意的書寫內向化，偏重在抒情詩，敘事、描物、寫景或因外向化指涉牽繫的視點觀照易生事端，相對薄弱。

敻虹以台東——她出生地、成長之鄉書寫的地誌詩，〈東部〉、〈台東大橋〉、〈又歌東部〉、〈卑南溪〉都成為台東的詩意形色。〈東部〉兼及花蓮，〈台東大橋〉是寫大颱風肆虐，「洪暴已經過了警戒線／聽說大吊橋已流走」的災情，寫「荒山荒水／石連石／疊疊磊磊的卑南溪啊／石隄的巨肺在沙中吐納」；〈卑南溪〉是她中學時代的追憶，寫的也是大水的經驗。我在二〇〇〇年，以「探觸五十位台灣詩人的心」為引題，編輯的《台灣詩閱讀》，選入這首詩。

〈卑南溪〉

卑南溪是一條黑黑的長歌
風大雨苦撿柴的人呵
流水流來流木，下一步
試探的赤足不慎便印證
生命只等於生活

（略第二節十行）

卑南溪是一條苦苦的悲歌
詹澈知道，台東的孩子知道

（略十行）
初二到高三，放學以後
坐看的卑南溪
靜靜瘦瘦的卑南溪
融融的這些日子
卑南溪是一條悠悠的歌
靜靜的平日
卑南溪
是瘦瘦的河
暴雨以後，如
熔熔的奔火
（火一般的想起，已漸如
灰燼了，不論是什麼歌
都漸漸緩和……）

敻虹的地誌詩，有淚水；〈東部〉：「淚水是／苦苦的／遲緩的／一顆／舍利」；〈台東大橋〉：「逝者如斯如斯／大吊橋大吊橋／今已杳杳／杳杳如我／迢遞的童年／──焚香，一祭」；〈又歌東部〉：「東部啊東部／只要一夜大雨／眾山便把水吐向卑南溪」。甚至，已隱含了她潛修佛學，禮佛拜佛的宗教心。大學時期修習藝術的她，在文化大學印度文化研究所，東海大學哲學所的碩、博士經歷，都可視為她日後有「弘慈」法名的宗教心，《觀音菩薩摩訶薩》及《向寧靜的心河出航》兩本佛教詩集，也是她宗教心的見證。

交織敻虹宗教心的詩，是後來她的詩路，但在一九七〇年代到一九八〇年代之間，她的詩寫父親，寫母親，就充滿哀歌。〈白色的歌〉寫父親：「爸爸的頭髮變成白的／變成我心裡一首／白白的歌，悲傷的調子唱的」；〈寫給母親〉：「母親走後，拋下一個／渾圓、湛藍、漾爍著水光的／世界／……／而曲曲折折，到此地／（四際是不斷的海潮的聲音）／母親，我尋你的前路／被阻隔，絕斷……」。她也有〈哀南忘〉，寫只活一天的兒子。我從她女兒名為「南好」，推測「南忘」與敻虹的關係。

〈哀南忘〉

橋橋問我為甚麼不曾
抱一抱你
你是那麼軟弱地
躺在保溫箱裡
哀則難為你寫一首

「地獄假期」
我去問廟裡的人
他們說你不在幽冥
過了三月五日就快到清明
對死亡我有無邊的悸慄為你

你只活一天，不知道
我為你病了一年
無法安慰。因為
生命是獨一而且尊貴
甚麼也不能代替，即使
另一個生命

你不住這
陽光，杜鵑花，建築物
的世界
住在母親不捨的心裡

我是你的惟一
我愛你

詩裡的「橋橋」應指詩人瘂弦的妻子；而「袁則難」是香港作家。兒子的死，兒子只在世上活一天的經歷牽繫母親的傷痛和愛。〈哀南忘〉後，又有〈念亡詩〉，留下「其實，關於你的生死／病了我的身軀，兩載／憂老我的青髮，半白」的行句。習佛、禮佛、修佛、入佛，是否與生死的體悟，人間悲愁際遇有關？但留下敻虹的詩行裡成為某種路徑，印證在她詩的走向。

「自小信佛，後來用功於經論的術語，誠信地拜佛，念佛」的敻虹，帶著詩走入佛陀的懷抱，既與父母有關，也與自己的際遇有關。一九八〇年代詩集的《紅珊瑚》就收錄許多相關作品，既有〈爐香〉，又有〈祝禱〉。詩的紅塵、人間的紅塵，似乎都已遠去，留存的是詩的淨土。

〈轉折〉這首詩，以少年、中年、老年分敘變遷的人生，從「在最脆，易折斷」，「心不著色」到「知而不深覺」，敻虹的詩也印證這樣的變遷。一九八〇年代的敻虹，已有心情的皈依現象，她的宗教心不像較年長早於她二十歲代的女詩人杜潘芳格，在基督教信仰裡的罪與罰情境，而是遁入、沉靜、超脫，杜潘芳格是虔誠基督徒，但有日本詩人對她的詩意念與風格說是更像佛教，帶有某種東方性意味。杜潘芳格出身基督教家庭，有親屬是二二八事件受難者，即花蓮的張七郎、張宗仁、張果仁三位醫生，這個事件讓杜潘芳格從不慶祝生日。因為三月七日這一天，蔣介石派遣來台鎮壓的二七師登陸，正是屠殺展開之時。遁入的平靜與歷史苦難的糾纏，是不一樣的。

〈而今遠離愛想結縛〉

我真正愛你時
已不說愛
不說想念之綺語
我從愛之繭
忘苦而化翅
向淡藍的氣流
向梵唄的音波

終究我也不是蝶，不是蛹
不是來源，不是往後
不是結的重重

終究是
為遠道而蛻變的
一場夢

敻虹的詩人歷程也是她的悟道人生，她從蝶蛹的羅網脫離，從愛之繭忘苦而化翅。這時期，她嚮往的是梵唄的音波，蝶蛹的金殼、彩翅不復是浪人仰臉望見的亮殼，甚至，只是為遠道而蛻變的一場夢。她從〈詩的幻象〉回敘自己的詩人之旅：「最初，我的心／依傍著種種的美麗」；「父親的慈、母親的愛／丈夫、兒女的關懷」；「半生在固守／那種種的美麗／不意，一夕之間／我的心，從自己的手裡釋放」；「我的心／如果連美麗都不再依傍／那麼／詩也只是幻象」，從敻虹而弘慈，詩也只是幻象？從《紅珊瑚》到《觀音菩薩摩訶經》，訴說的已是她的另一種心影。有人以詩為宗教，有人以宗教為詩，敻虹漸漸成為後者，她從紅塵、世俗遁入空門、道庵，心路歷程與詩路歷程相互鑑照。

《六十年代詩選》收錄詩人，一人一句引述之句。敻虹的按語是：「西蒙　雪是妳的妹妹，在院子裡睡著。」出自葉泥譯介在《現代文學》的法國詩人古爾蒙（Remy de Gourmont）行句；但我想到敻虹，會想到的是她的詩〈夢〉。短短的兩節六行詩，是她一九七〇年代作品。敻虹的夢裡應該還有詩人之詩，而不只是佛門的行句。因為夢穿梭在詩與夢不可能的相逢，是一條絲。

〈夢〉

不敢入詩的
來入夢

夢是一條絲
穿梭那
不可能的
相逢

在不是詩的社會寫社會的詩
——散文家也是詩人的許達然

許達然（一九四〇～）在台灣文學的領域被視為散文家，其實他也是一位詩人。本名許文雄，台灣台南人。一九七〇年代末期，任教於美國西北大學，在歷史學，尤其是社會史——中國明清帝國時代的社會史，以及早期台灣社會史有專攻的他，詩作〈違章建築〉，在《笠》詩刊登場，以詩創作和世界詩譯介擴大他的文學路。

窮擠
不出都市的憂鬱
也有門把蛙聲分開
一片自己聽
另一片警察踩
福字倒紅大

光明裡黃老
只是無影

居然不必賄賂
蚊蟲就稅捐處抽血
居然把瘦肉當花粉
蜂代表官方採收

窗破睜著眼
看風瞎衝進來拆

法律堅持要公平
給路給樹給鳥
啄　觀光成風景

〈違章建築〉是許達然在台灣詩領域的起手式，後來也成為他第一本詩集的書名。這首詩在發表時有二十七行，在一九八六年的《台灣詩人選集》系列的《違章建築》改為十八行，在二〇〇九年葉笛編的《許達然集》再改為十七行，精簡了行句，刪除了贅語。他的一些詩有這樣改寫的例子。在他少時以來的好友，也是詩人的葉笛編輯下，《許達然集》收錄包括《違章建築》裡共八十五首作品，於《台灣詩人選集》系列的六十六冊詩集之中，構成戰後台灣詩的某種歷史投影。

他在漢文的形、音、義構造裡顯示了特殊的造型性，從〈違章建築〉起廣泛地運用，既形塑一種文字的張力、矛盾以及調和、諷喻、機智連結。詩與散文相互輝映，但是在一般台灣現代詩選集，很少被收錄。某種意義上，顯示了戰後台灣詩史在詩選編輯的朋黨派性，因為缺乏開放的觀照，常忽略了一些好作品。若編選代表某種評論視野或批評性觀照，更顯示戰後詩史的偏頗。尤其以「台灣」為時空範圍向世界呈顯的詩選集，也因為偏頗性的霸權或視野局限，失去了對世界打開台灣詩這一扇窗的意義。

關注社會、關注台灣的許達然，在經濟發展的年代看到違章建築顯示的人間風景，他以漢語文字的旨意，藉語言行句的斷連以及歧義指涉，巧妙地敘述他的觀照，帶有社會批評及同情的理解。閱讀時，在多義性的意味裡啟發涵義。詩的一開始，「窮擠」就有「窮」和「擠」的意涵，在第二行的連結，「擠不出」延伸了更多涵義。「都市的憂鬱」喻示了城市社會學的生活裡的匿名性、孤立化、零細化、疏離化困境，這正是芝加哥社會學派的觀點。許達然的詩切入台灣，或許也切入他的家鄉台南，在都市裡，光彩背後的陰影，不也是這樣嗎？

二十世紀末，我在德國科隆的一個美術館看以「二十世紀的美術」為主題的展覽，作品以多種分類呈顯，其中就有「都市的光和影」這個子題，當然也有「資本主義與共產主義」以及「大地」等。都市這個主題似乎以「urban」與「city」（城市）有著差異現象。一九七〇年代初的日本，戰後代表性的《荒地》詩人群，從戰後廢墟的凝視和穿越，走向《都市》，田村隆一這位戰後派代表性詩人的視野和精神，就與稍晚他們十歲代，谷川俊太郎的「感性祀奉」，面對日本經濟成長的新社會情境不同。許達然在都市發現了憂鬱，詩人在社會責任的計量器觸動下，對社會發展有他的視野。

「也有門把蛙聲分開」，但接著「一片自己聽」、「另一片警察踩」，是說也有門，但取締違章建築的警察會破門，而「一片自己聽」的門扇是破門，是擋不住蛙鳴聲的破木門。台灣人的家屋大門，在逢年春節曾經貼上春聯，「福」字倒著貼表示福到。以道家的黃老喻說光明，卻「只是無影」，這裡的無影，以台語來讀是「沒有」的意思，更見巧思。而以蚊蟲、蜂比喻稅捐處，「官方採收」諷刺賄賂（違章建築要免拆除，須賄賂官員）。貧困者住違章建築還要賄賂官員，人被蚊蟲咬，被蜂叮，受盡折磨，可以想像。破屋破窗，強風吹進來像是拆房子。有時要開路，要種樹，要講究都市景觀。法律之前人人平等是政府常說的，但給鳥啄，「觀光成風景」的調侃和諷刺又多麼反差。

許達然在《美麗島詩集》這本以「足跡」、「見證」、「感應」、「發言」、「掌握」五個主題分輯的笠詩選，有〈違章建築〉、〈麻袋〉、〈樹〉、〈香腸〉、〈屠宰場〉分別選錄在其中，他留下這樣的詩觀：

不是詩的社會裡寫社會的詩，很長久了，很現代的。

詩發源民間，民間詠唱生活，社會生活構成最豐饒的詩土；抒展大家的自己、大家的社會、大家的鄉土、大家的歷史、大家的現代。大家勞動，大家感動。大家都能成為詩人。

詩人既然不是老鼠灰色地躲在屋內享用社會生產消磨個己頑固的雅恥，就獅樣出來淋濕。自以為師的失意終將腐爛，披美衣的尸必進棺材，蒸發囈語埋怨讀者的才死譯西方的冬、自己的春、唐的夏、宋的秋。

秋葉再美也燒不了原野，真實點燃詩火溫暖社會，照露時代。

時代很壯闊，民族雖苦難卻堅強，社會雖質變量化卻廣大，現代、民族、社會的詩必輝煌。

他這樣觀照，這樣批評，這樣自我要求。

學歷史、教歷史，許達然從東海歷史系學士（退伍後擔任過助教）、哈佛大學歷史學碩士、芝加哥大學歷史學博士，到英國牛津大學博士後研究，在美國西北大學任教到退休。後來（二〇一〇～二〇一一）在母校台灣東海大學以講座教授兼任歷史主任，他的文學歷程和同年的楊牧有同有異。晚一年楊牧也曾在東海大學歷史系就讀，後轉外文系。兩人都是散文家，也是詩人。許達然的第一本散文集《含淚的微笑》（野風出版，一九六一年），第二本散文集《遠方》（大業書局出版，一九六五年）；楊牧在葉珊時期的第一本散文集《葉珊散文集》（文星書店出版，一九六六年）。許達然的散文家經歷早於楊牧；而楊牧的詩人時期先於許達然，在一九六〇年、一九六三年、一九六六年，就分別在藍星詩社出版了詩集《水之湄》、《花季》以及《燈船》（文星書店）。許達然的散文清純，楊牧在葉珊時期的散文華美。在詩的領域，許達然未參與詩壇活動，只在《笠》登場，而楊牧在葉珊時期就在《藍星》、《創世紀》甚至《現代詩》活動。兩人在戰後的台灣現代詩壇也形成不同的際遇和情境。一九七九年美麗島事件發生，楊青矗和王拓被牽連逮捕時，許達然和楊牧都參與了在美國的台灣作家連署營救行動。

許達然的社會視野既觀照本土，也觀照戰後移入台灣的老兵，更觀照世界。〈離鄉老兵〉和〈沙娜的青春〉都是一九八〇年代作品。他既看到了隨中國國民黨來台反攻大陸，卻以離鄉背井在台灣凋零的老兵，也看到中東的以巴衝突，以及連帶的阿拉伯世界困境。

〈離鄉老兵〉

現實仍如無柄的刀
握著的溫暖
是自己的血

回憶仍是無子彈的槍
向故鄉射落自己
比汗還鹹的淚

〈沙娜的青春〉

——沙娜，黎巴嫩一個十六歲女孩，駕著帶炸藥的車，衝進佔領南黎巴嫩的以色列軍隊，因為伊認為被侵佔的家鄉「沒有生活，只有佔領、暴政、悲劇、虐刑、及死亡。」

鐵絲網沉默：

看見外來的巡邏
壓迫祖先修築的路
聽到外來的判決
愛鄉土有罪

愛是傷口

在胸膛震痛
子彈的和聲中
咆哮的旋律
擊不落苦難的秩序

愛成火藥炸掉青春
死希望活的
民族不再是囚徒

〈離鄉老兵〉是說隨中國國民黨挾持的「中華民國」來到台灣，在反共抗俄到反攻大陸的戒嚴令時期，失去青春也幾乎失去人生，在一九八〇年代末之前，仍不得踏上中華人民共和國土地的許多退伍軍人困境。無柄的刀，無子彈的槍分別讓握刀的人握自己的血，讓拿槍的人向故鄉射落自己的淚（一種徒勞無功的反攻戰爭）。這首詩發表時，台灣還未解除戒嚴，台灣人權促進會在一九八〇年代末發起的「老兵返鄉運動」也尚未展開，許達然看到了這種流離情境，為離鄉的老兵伸冤，兩節六行的詩句，精簡有力地觸及了當時的淒涼。

〈沙娜的青春〉以一位黎巴嫩女孩為被以色列侵占的家鄉，挺身而出，犧牲自己。鐵絲網沉默的情況中，一個青春女孩殉死的國際新聞，讓許達然寫下這首詩。結尾時的「死」希望

「活的民族」不再是囚徒。許達然的詩視野，不只有同情的理解、更有世界之愛。他的〈沙娜的青春〉精簡，楊牧的〈失落的指環〉繁複，分別觸及以巴問題和後蘇聯時代車臣和獨立運動。

許達然對漢字的特色巧妙地運用在詩行，常常達到意外的效果，也反映在他的散文。「他的作品不只是對鄉土的關懷，更是對文明的省思」，他「認為文學是社會事業，身為作家應該提供真誠的觀察見證與批評」——這和楊牧也各異其趣。我曾以「謹慎的介入」談楊牧，說注重詩藝的他，其實也有某種介入。許達然就積極多了，他也重視詩藝，不是一般自然流露、語義鬆散的詩人。但楊牧的漢語白話鍛鍊重修辭之美，許達然講究表現之力。楊牧遊於中國古典與西洋古典之間，文人性較重；許達然穿梭在歷史學與社會學之間，有學養但沒有文人性，尤其是中國式文人那一套。

〈樹〉這首詩，像一首圖像詩，但具有深刻的意義，以樹、木、材，喻人間現實。他充分掌握漢字的肌理，運用「木」有關的字詞，鍛造出一棵樹的形影，令人拍案叫絕。這也是一種詩藝的講究。〈樹〉是一首散文詩，但也在圖像詩的形式發揮詩情、詩想。台灣常提及散文詩，許達然在其中應有其地位，但詩壇的許多評論家似乎相沿成習，人云亦云，講來講去只是幾個詩人。現在動輒有作者自行標示散文詩的名義，發表不像詩的散文，更是問題。

歷史學者的許達然，有一首觸及台灣歷史的作品〈路〉，以阿祖、阿公、阿爸和我，四個世代，呈現家族史映照了台灣的歷史。

〈**路**〉

阿祖的兩輪前是阿公　拖載日本仔
拖不掉侮辱　倒在血地
阿公的兩輪後是阿媽　推賣熱甘薯
推不離艱苦　倒在半路
阿爸的三輪車上是阿爸　踏踏踏踏踏
踏不上希望　倒在街上
別人的四輪上是我啦　趕趕趕趕
趕不開驚險　活爭時間

從阿祖手拉兩輪車載人；阿公手拉兩輪車賣甘薯，阿媽在後面推；阿爸踏三輪車載客；我為他人開小汽車——路的歷史，歷史的路，四代辛苦人家的生活史活生生呈現。

《違章建築》的詩自一九七〇年代到一九八〇年代，許達然的社會意識現實詩，是他同情的理解及強烈的見證，他的一九九〇年代詩，繼續譜現良心的聲音，以冷靜的眼看社會變遷，以熱血的心體現社會現象，進入二十一世紀，更見他觸探的形跡。

〈舊書店〉

儘管是被看過的，貞操可都還在
聞著褪色的眉批呢喃
世界革命後現代一概半價出賣

〈台灣新社會達爾文主義〉

弒者生存
噬者快活了
恃勢者也快活
嗜非者更快快活了

視著活該
識是非者都存在
釋事實者更穩死

已故的詩人葉笛，是許達然的知己。他在《許達然集》這本書中，以「字都稍少」、「句都略短」兩輯，收錄許達然的詩，比起許達然的散文集，從《含淚的微笑》、《遠方》到《土》、《水邊》、《吐》、《人行道》、《防風林》、《同情的理解》、《懷念的風景》……他的散文家地位要比詩人重得多，但他卻是一位兼具詩情、詩想與詩藝、詩型的詩人，更是一位詩的翻譯家，譯介了許多第三世界的詩。他在《笠》譯介的奧登（W. H. Auden，一九〇七～一九七三），對於戰後台灣詩的現代主義，忽略帶有社會意識的奧登而形成的某種形式主義局限，是一個重要的業績。

在戰後日本占有重要地位的《荒地》，以T. S.艾略特的詩為名，但《荒地》的詩人重視W. H.奧登。不像台灣的戰後詩，追求現代性但缺乏社會意識。許多所謂的現代主義者，詩的走向也遁入了唐詩宋詞的語境，作品常常是古典詩歌行句的口語再現。橫的移植者們也成為縱的繼承者，打轉在語言文字的修辭情境，大於面對時空現實。台灣的超現實主義被誇言的時代，內向化幾乎取代了介入性，諸如法國超現實主義詩人保羅．艾呂雅（Paul Eluard，一八九五～一九五二）甚至在納粹德國占領巴黎時，參與了地下反抗軍，他的抵抗詩是自由的想望，他在參與西班牙內戰抗議佛朗哥獨裁政權時，以〈格爾尼卡的勝利〉，和畢卡索的《格爾尼卡》同樣留下格爾尼卡被轟炸的文學藝術見證。這種抵抗，在台灣的現代詩發展走向似乎都被漠視。許達然的《W. H.奧登詩選》，彌補了戰後台灣現代詩學的某種空虛。

我喜歡許達然譯介的W. H.奧登詩，也喜歡他的譯介隨筆。W. H.奧登在二戰發生前，一九三九年九月一日德軍入侵波蘭寫了〈一九三九年九月一日〉。詩中有「我們必須互愛，否則死亡」的名句。後來離開英國留在美國的W. H.奧登，曾在應邀到一所女子學院畢業典禮演講時，說：「不管我們選擇要帶的政治標籤是什麼，我們都必須適應開放的社會，否則消滅。」許達然在系列的《W. H.奧登詩選》譯介隨筆提及：

> 世界是無邊際的，現在我們活著，今後也要活下去，這種無聊而單純的事實，覆蓋著一切，詩也因此有它的使命。詩不是我的。詩是世界的，民眾的詩人必須走向以寫詩與民眾結合，與世界結合的道路。有時候我也認為只有緘默才能與世界結合，但詩人要把這一點做為詩人感動的核心才行。詩人要謀求自己的生，與謀求民眾的生，並無任何差別。詩人要讓自己活，同時也要讓民眾活，讓民眾活同時也要讓自己活才行。詩人據於新的語言要解開自己的進退維谷的時候，同時也去改變民眾的生活。
>
> 科學者們把新的宇宙船（太空梭），向宇宙發射的時候，詩人也把新的語言向世界發射出去。在宇宙的沉默裡，那些是同樣的一種武器，是讓人活下去的武器。

藉由譯介W. H.奧登的詩，許達然似乎在向台灣的詩人們提示某種超越局限性的現代主義新視野，當現代主義者們似乎從自己追尋的主張的困境，回頭走向古典經驗論，形成詩情詩想的高度反差的現象裡，從現代性加上現實性，才能讓視野更為開闊。

看吧！許達然的兩行詩、三行詩、四行詩，精簡的行句仍不失深刻的意味。詩人和詩承擔更多的藝術角色，也承擔更多的社會責任。

〈**運煤列車**〉
硬寂駛
要使出光明的黑

〈**向天空看新聞**〉
畢竟報紙擋不住日
老亂了字
打好的時事

〈**失意**〉
砍掉蒼勁後怎樣草書
種了很多字都豎不起一棵樹
頁不再是葉，只是雨有情都來客

實，在模糊

《許達然集》的短詩輯，以〈三行三尾〉、〈握不住的兩行〉、〈三行六尾〉、〈抗議兩行〉、〈四行兩尾〉、〈兩行五尾〉、〈兩尾三行〉標示，俏皮也用心，機智兼幽默，顯示他語言運用的巧思，也有執意的土俗光影。對於現實，對於社會，許達然交織著歷史學家、社會史學家以及詩人、散文家的知性、感性條件和觀照視野。他的詩並不多，但畫下鮮明的刻痕。他的世界詩譯介對台灣的世界詩現代主義視野開拓另一扇窗，除了美還有倫理，除了藝術還有介入。

漂泊於情念之途的憂魂

——從塵世野地的悲歡到砌築宮殿樓閣的杜國清

二〇一七年歲末，台灣大學台灣文學研究所為杜國清舉辦為期兩天的「詩情與詩論：杜國清作品國際研討會」。稍早之時，台大出版中心也出版了《光射塵方，圓照萬象——杜國清的詩情世界》厚重二十五開本，六百多頁以「體物篇」：輯一、即物詩，輯二、即景詩，輯三、即事詩，輯四、即理詩；「緣情篇」：輯一、鄉情詩，輯二、旅情篇，輯三、世情詩，輯四、愛情詩；「詩藝篇」：輯一、組詩，輯二、長詩，輯三、詩論詩。並前「詩論篇」：〈象徵、唯美、即物、紀事：詩的藝術探求〉與〈東亞傳統詩論與即物主義創作觀〉。杜國清的詩業在學術殿堂被充分討論。在包括台灣本國學者和來自日本、中國、韓國、新加坡、美國學者的研討議程中，我也應邀和鄭烱明、陳明台、莫渝三位同世代的詩人，在「歷史的側影：杜國清與《笠》詩社」的座談談這個主題。

陳明台的父親陳千武（桓夫）是杜國清（一九四一～）的姊夫，兩人都是《笠》詩社創辦人，陳千武和杜國清在詩的道路上亦師亦友的相互關係，陳明台也多所感染氛圍。而我，以一九六〇年代末到一九七〇年代初在台中的經歷，參與《笠》詩社詩刊的活動，在那時際與杜國清相識。他去日本，從大阪中國語文學院講師到京都大學英美文學科研修，關西學院大學日本文學科攻讀碩士，期間回到台中時，因陳千武、陳明台之故，我們會相聚晤談。杜國清的《艾略特文學評論選集》和西脇順三郎《詩學》在趙天儀主持的田園出版社出版時，對於詩壇新人的我輩是愛不釋手的讀物。杜國清後來在美國史丹福大學東亞系攻讀博士學位，他從英語文學、日本文學的學程轉向中國文學，以中國學者劉若愚為師，研究李賀，獲中國文學博士學位。從一個角度是學貫東西，但另一個角度是從西洋和東洋的近現代轉而趨近中國古典。

一九七一年，《笠》四十一期，杜國清以唐谷青之名開始連載「日本現代詩鑑賞」，進行到五十八期，共十二位詩人。那時期，我正編輯《笠》詩刊，在活字版的年代看稿落版，第一手閱讀，開啟了不少日本近現代詩的眼界。波特萊爾的《惡之華》在那時際連載。杜國清和非馬後來加上許達然，這三位在美國的笠詩社同仁，在世界詩譯介開啟了另多扇窗，是跨越語言一代陳千武、錦連、羅浪……日本詩之後，還有李魁賢……德語詩之外，英語世界詩譯介的新視野。那時際，趙天儀、白萩、林鍾隆、葉笛……也都譯介外國詩。這是我在《笠》的詩人學校延伸到世界詩的詩人學校的關鍵歷程。一九七二年六月號《笠》，我譯介了捷克詩人巴茲謝克（**Antonín Bartušek**，一九二一～一九七四）的詩達三十三首，就是我受到啟發的某種結果。

杜國清一九六三年台大外文系畢業時，已和陳千武一起出版詩集，《蛙鳴集》和《密林詩抄》像兩人詩之路途的照映，之後才一起參與《笠》的創辦。一九六五年，笠叢書第一輯，即有杜國清的《島與湖》與白萩《風的薔薇》、林宗源《力的建築》、吳瀛濤《瞑想詩集》、陳千武《不眠的眼》、詹冰《綠血球》、趙天儀《大安溪畔》、蔡淇津《秋之歌》、陳千武譯

《日本現代詩選》同列，但林亨泰的論集《攸里西斯的弓》雖列為第一號，並未同時出版。在現代文學叢書出版《蛙鳴集》（杜國清）和《密林詩抄》（陳千武），是因為杜國清曾和同班的鄭恆雄以及王禎和一起加入《現代文學》，兩人也曾在《現代文學》發表作品，但杜國清並沒有與以小說家為重的《現代文學》有太多關聯，反而以後來的《笠》為重要場域。

《島與湖》這本詩集，有〈島與湖〉一～十二，從八行短詩到一〇二行，呈現了自序〈我仍在摸索中〉：「詩給予讀者的不是『知識』而是『喚起感動』……」；以及「生於斯長於斯的詩人寫出一股江南風；活於今學於今的詩人推出一集千燈詞；在現代的雨傘下烘托幽古的微光，在回顧的絕望中，喚起歷史的回音；這在詩情上是揉造，在創作上該是怠懶吧」的抒情意味，對於當時余光中《蓮的聯想》的新古典主義詩風有所批評。

〈島與湖（一）〉

一天　我夢中的島向湖說
妳有清溪的嫵媚　卻無蒼海的嬌嗔
一天　我夢中的湖向島說
你有峻嚴的英風　卻無大陸的雄姿

我因夢中的島而歡忻
因我島中有湖
我因夢中的湖而快活
因我湖中有島

島以「你」，而「湖」以「妳」為指謂，應該是男性與女性的屬性，或說知性與感性的相對，都在我的內裡。以島與湖演繹十二首詩，形成觀念性的指謂，展開對稱意義的逡巡。呼應的是繽紛的相對情境的抒說，呼應的是他自稱仍在摸索中的「詩起於情緒，但不只是表現情緒；若沒有深刻的體驗容易流於感傷。詩由表現而存在；我的詩表現獨特的我，無二的我；而表現之真摯性基於生活中某種戲劇性的人，存在對於事物本質性的把握；如此物我相遇時發出的聲音光和熱的一切就是詩了吧。我寫詩或許是命運，但在認命之後，我卻以生命的聲和光和熱，為建立屬於自己的詩風而努力。」

從《島與湖》之後，詩集《雪崩》的出版是他獲史丹福大學中國文學博士學位之前，同年他也譯介出版T. S.艾略特《詩的效用與批評的效用》。發表〈生肖詩集〉十二首，從鼠到豬，有他從T. S.艾略特，經波特萊爾到西脇順三郎《詩學》的影響：

〈詩〉

讀了西脇的牛坐在理髮店裡淌著口水之後
和教授討論到歐陽修在廁所裡作的詞之後
三島由紀夫的盲腸起了銹之後

我在想像
一隻沒有鼻子的象
以及情婦的香糞那朵〈惡之華〉
以及美的意識發炎時的自我手術

杜國清綜合他廣泛的詩閱讀、研究，提出「驚訝」、「譏諷」、「哀愁」的詩學三昧觀，作為獨創性、批判性、感動性的詩元素。在收錄於《雪崩》的〈生肖詩集〉流露他詩學的興味：

〈鼠〉

齒爪齒爪齒爪齒爪齒爪齒爪齒爪齒爪齒爪
只要樹有皮、穀有殼、屍體有棺材

只要人類有食物
　　齒爪齒爪齒爪齒爪齒爪齒爪齒爪齒爪齒爪
只要地下有莖、倉裡有糧、腐屍還有骨頭
只要咱們還想活著

　　在這地球上，我們抗議
人類誣告我們是人類的賊

　　在這地球上，我們控訴
人類妨礙了我輩過街的自由
影響了咱們繁殖的快樂

　　在這地球上，假如還有德先生的話
我輩願意在白天出來
和所有哺乳類動物競選

杜國清的〈生肖詩集〉與楊牧〈十二星象練習曲〉顯示東方性與西洋性的差異況味，也是諷喻與抒情的差異。兩位從台灣的英文系出身，在美國轉而都以中國古典文學相關研究獲博士學位的詩人，分別從生肖的意味和星座的意味展開詩情。在其後的詩歷程，東西方古典都在兩人的詩學裡交互呈現，某種學院風格呈顯其間，也都有其詩學的企圖心。

杜國清並未發展他的「譏諷」詩，漂泊在情念之途的他，一九七〇年代任教於聖塔芭芭拉加州大學東方語文學系後，留下許多懷鄉的詩篇，不只風土、文物、人情，也關心政治情勢。這樣的詩篇一直持續著，甚至新聞事件也是他的題材。望月懷鄉是遊子的心影，他的詩集《雪崩》、《望月》、《心雲集》不乏童年生活、大甲溪場域、親情的懷想，在他鄉異國思念故國家鄉。杜國清畢竟是抒情的詩人，他的詠物、敘事也充滿情念，浪子和旅人的標記是他自我的烙印。作為一個執著於情念的詩人，他的即事、即景詩，從一九七八年美國和在台灣的中華民國斷交的〈一九七八年底，台北〉、一九七九年美麗島事件的〈詩人〉，甚至二〇一〇年的〈大埔阿嬤的憂鬱〉、二〇一二年的〈扁媽的眼淚〉、二〇一三年的〈五十萬隻眼睛——送別洪仲丘〉、二〇一四年的〈太陽花學運〉、二〇一五年的〈祝你生日快樂——悼林冠華〉、〈灼燙祭〉寫八仙水上樂園氣爆、二〇一六年〈道歉視頻〉周子瑜事件、二〇一七年〈少女的祈禱／悼林奕含〉等等，與一般認識的杜國清作品風格有極大的反差。這種反差，是因為杜國清想透過他的詩，抒寫他身體離開但心並未隔閡的心意。可是新聞事件畢竟有新聞事件的局限時空，詩觸及新聞，坦露了詩人的觀照，也許新聞不能只是新聞，仍須轉化才能存在作品性。

我喜歡杜國清《情劫集》（一九九〇）裡的〈朝顏．夕顏〉，這應該是杜國清要發展的原型詩，日本語以「朝顏」稱牽牛花，以「夕顏」稱葫蘆花。一朝開夕萎，一夕開朝萎，極具象徵性。在我對杜國清的作品閱讀經驗，這樣的作品才應該是他的代表性作品，也是他更能顯現他獨特風格的詩路。

〈朝顏〉

一顆孽緣的種子
從魂魄裂縫中
迸出芽來

隨莖纏繞的日子
感情開始蔓延
缺裂的葉子　殘形的心
在晨風中　搖蕩
而朝陽的熱撫　竟使
迷亂的心思　旋成
一朵含淚的白花

盡情愛我吧
在我萎絕之前

以〈朝顏〉之名，比起牽牛花更富意味，這首詩似敘述不倫之戀，以花對朝顏的光與熱要求，短暫的生命或戀情，自然和人間對映。既敘說牽牛花的植物屬性，也喻示人間的情念。而〈夕顏〉也讓葫蘆花更具況味，相對日光的情熱，月光的情愫是另一種風情，令人愛憐的花之敘說，某種悲劇性的戀曲經由花之形色透露無遺。日與夜，太陽之升與落，交織日光與月光的情境。

〈夕顏〉

一朵愛憐的白花
向晚　在籬垣上
嫣然招展

寂寥的天宇　罡風驟起
月光　陰冥的手

伸自急雲飛掠的暗空
觸撫　那泛羞的嬌姿
彗星的爪尖撕裂夜的胸脯
艷射出　冷白的肌膚……

午夜
在那荒院的籬垣上
枝葉抖顫
花葉飄忽
落葉翻飛

一朵愛憐的白花
在朝陽君臨之際
竟已　氣絕　凋萎

如果要提杜國清的詩，這應該就是杜國清讓人動容的詩。他在這兩首詩的物象觀照和情念借喻，巧妙生動合宜，讓人印象深刻。這兩首詩，讓人想到他的〈達芬妮〉，我更愛原來以

〈露〉之名，〈露〉有自然性，〈達芬妮〉則是取自希臘神話的典故，雖象徵露水，但畢竟是神話中一個少女，〈達芬妮〉這首詩，是他〈希臘神弦曲〉十四首之中的作品，取自希臘神話的諸神，有其象徵意味。

在這塵世的野地
依附在草葉上
一夜的歡愉　凝成露珠
在朝陽中　燦耀著
激情的七彩

短暫的　生命的光輝
宿藏一顆苦惱的良心
背德　不義　罪孽
一再將慾望　降為
白霜

太陽喲

你賜與我　生命的光輝
卻讓陰影籠罩我的良心

——摘自〈達芬妮〉

＊註：達芬妮（Daphne），希臘神話中的少女，河神的女兒，象徵露水，為避太陽神阿波羅的追戀，化為月桂樹。

其實，這首詩，以〈露〉之名，比〈達芬妮〉更好，也不必註釋，取其自然意味即呈現相同的意義。

杜國清是詩人，是學者，也是評論家，學貫東西。他的詩情、詩想，從戀情、鄉情、敘事到描景、詠物，範圍很廣。他的詩型、詩法，後來喜歡套用成語、既定行句，在詩行中常空格分斷。在《光射塵方，圓照萬象》這本杜國清的詩情世界中，中文學者的意味大於英文學者的意味，而且古典性大於現代性。在詩藝與詩學，在詩人與學者之間，流露杜國清某種學院、書房的形色。其實，他入世、也親近凡塵，但有時不免有中國文人詩的抒寫，隨興的白描，沖淡了詩味。

在中橫公路最高點

塔塔加　向東眺望
玉山連峰　隱藏在雲霧中
未能一睹　玉山的雄姿
深感遺憾

——摘自〈玉山仰眺〉

治國　如治水
人在做　天在看

——摘自〈土石流〉

豈是無端　錦瑟
非有五十弦　怎能
奏出人間的悲戀

——摘自〈錦瑟無端五十弦〉

情話　亮麗的玉液
暢飲之後　凡軀

逐漸透明　清淨

——摘自〈春蠶到死絲方盡〉

從英文學界而中文學界，從西洋而東亞，不只是杜國清的歷程，也是許多台灣學者或學院詩人的歷程。從T. S.艾略特、波特萊爾、西脇順三郎而李賀研究、李商隱迷戀，杜國清留下許多相關譯介研究。他主持《台灣文學英譯叢刊》對外譯有許多貢獻。其實他也譯介了一九八〇年諾貝爾文學獎得主，波蘭詩人米洛舒的詩選，以及同在聖塔芭芭拉加州大學，一位二戰後奧地利流亡美國的詩人，童話作家艾斯納（R. Exner，一九二九～二〇〇八）的詩，是對納粹德國屠殺猶太人的心路歷程，但杜國清的詩並未受到米洛舒和艾斯納的影響。一九八〇年代他常去中國講學，因擔任加州大學在華中心主任，一九九〇年代有一段時間他駐中國北京大學，有多位中國學者、詩評家對杜國清有許多研究專書，比起台灣對他的研究要多得多。他的《玉煙集》，許多以晚唐唯美、唯情詩人李商隱及其他詩句入題：〈東風無力百花殘〉、〈一春夢雨常飄亂〉、〈春蠶到死絲方盡〉、〈此情可待成追憶〉……都是有擬古的詩情。

我從一九六〇年代末，從認識杜國清開始，從他到日本、去美國，讀他的詩、譯詩和他的詩評、詩論。看他和陳千武亦兄弟亦師亦友的關係，他以〈伊影集〉十首應和陳千武〈剖伊詩稿〉十首（《笠》五十九期，一九七四年二月號）的惺惺相惜，是《笠》兩位創辦人以詩交會的歷史，留存在兩人的詩之途，都有情念的光熱。陳千武以經歷太平洋戰爭的體驗，杜國清以西洋文學的學院，都在詩人之路持續不輟。

杜國清的詩情世界，在台大台灣文學研究所主辦的國際研討會，學院的聲音給予相當程度的推崇，對杜國清詩與討論給予不少學術的掌聲。但我以漂泊於情念之途的憂魂來看他，以尋美、殉美、望月、戀花、懷鄉來看他，仍然覺得他的西洋文學成分被中國古典文學成分超越了，他的學者身分似乎也對他的創作形成拘束和限制；尋美、殉美、望月、戀花、懷鄉的情境也未真摯發揮，有些落入唐詩的典律、套句桎梏，對照《島與湖》自序〈我仍在摸索中〉的批評，或許是矛盾的發展。

他的詩人形影就像漂泊於情念旅途的憂魂，走向中國古典詩歌的研究讓他蒙上文人性影子，也受到束縛。他的語言和想像力有某種泥古的困頓，像碑銘的印拓，而不是飛翔的翅翼在意義的天空呈現的光彩。他的浪子心被文人性環繞，詩行中太多定形造句取代了口語的敘說，落入成語的牽絆，新意被老氣取代。曾經浪子心，如今文人吟，是學問取代了生活體驗？還是觀念改變了人生風景？

〈萬法交徹〉是杜國清追求的詩藝詩境。他強調的：「從『象徵』、『美感』、到『即物』、『紀事』這四個概念，包含對詩的藝術本質的把握和創作技法的展現。……互為表裡，相互交織，構成我的詩世界異色光彩和藝術紋理。」他以這首所稱的詩論詩與波特萊爾的「萬物照應」和華嚴佛學的「一多相印」，形成他心目中的融會貫通，東西交輝的藝術創作審美原則。這首一九九〇年《情劫集》收錄的詩，讓人看到杜國清詩藝的框架，某種沉重的框架，綑綁詩人的心。觀念多於經驗，學多於藝，口語白話的生活行句被文言成語調性取代，杜國清的浪子心被文人性轉化，他的語言裝置充滿古意。

詩人的心
遺落人間的一顆明珠
光射塵方　圓照萬象
一迴轉　峰色谷響　聲姿繚亂
一隱映　秋空片月　晦明相並
一透亮　海水澄清　眾生顯相

詩人的心
塵世迴轉的一顆明珠
觀照宇宙　一念萬劫
一尺之鏡　見百里影
一夕之夢　縈繞千年

——摘自〈萬法交徹〉

在杜國清〈萬法交徹〉的華麗宮殿裡，看不到他《島與湖》中的清新形影，也讀不到他在〈生肖詩集〉中淋漓盡致的諷諭，更感受不到他在〈朝顏〉、〈夕顏〉和曾以〈露〉為名的〈達芬妮〉那種情念投影。杜國清從塵世的野地走向古典或說宮殿的樓閣，在典律的廊柱之間行吟。

經歷大眾風華，沉澱於原鄉風土
——在記憶的山河和山河的記憶吟詠的席慕蓉

一九八〇年代，以《七里香》和《無怨的青春》登場，詩集受到讀者喜愛，造成「席慕蓉現象」。席慕蓉（一九四三～）是一則傳奇，一方面，她打破台灣的現代詩普遍被認為晦澀、難懂的刻板印象；但另一方面，她又被許多評論家批評。詩人向陽在《台灣現代文選．新詩卷》（三民書局），這樣說：「席慕蓉詩受到讀者熱愛，主要與她的語言流暢、意象清新、抒情節奏特出有關。近期席慕蓉詩風又轉變為沉穩、冷凝，特別是以祖居地蒙古為題材的詩作，更是出入歷史、文化與民族想像的多重空間，表現淳厚、高曠的美感。」二〇〇五年出版的這一本詩選，向陽的論介對席慕蓉有公允的評價，是定位她的重要觀照。不像一九九〇年代許多對她詩作的負面指摘，也看到了席慕蓉詩的新形影。

戰後台灣現代詩的高蹈化，與戒嚴時期的白色恐怖，以及缺乏土地連帶感的流離性不無關聯。許多詩人迷惑於亞流化現代主義，沉溺於文字遊戲，形成晦澀難懂的偽詩學狀況，詩成了少數人的祕教。一九七〇年代，興起民眾詩，有反逆高蹈化的社會性格，帶有政治性；一九八〇年代，興起大眾性，帶有消費社會性格。席慕蓉打破了新詩或現代詩被認為晦澀難懂的現象，詩集暢銷，但謗亦隨之。但席慕蓉並未受到批評的影響，仍繼續寫詩，也不滿足於早期作品格局。她在蒙古的民族和文化尋根中逐漸形塑新的席慕蓉現象，一種在通行漢字中文詩歌的民族和文化觀照與想像，甚至反思、沉潛。

席慕蓉的蒙古民族身分，讓她雖然在漢語的書寫，也在以漢人為中心的國度，而擁有非盡漢語、漢人的詩人感覺和精神。她的蒙古民族身分連帶的是中華人民共和國內蒙古自治區，而不是蒙古共和國這個已脫離中國獨立的蒙古國，因而仍與中國有所連帶。但蒙古的非漢人身分讓她尋覓到特殊的根源風格。從大眾詩的席慕蓉到具有蒙古民族身分的席慕蓉，是演變也是轉化。我是這樣觀照席慕蓉詩以及詩人位置的。我視野裡的詩人席慕蓉是自覺了具有蒙古民族身分的席慕蓉。

〈蒙文課——內蒙古篇〉

斯琴是智慧　哈斯是玉
賽痕和高娃都等於美麗
如果我們把女兒叫做
斯琴高娃和哈斯高娃　其實
就一如你家的美慧與美玉

額赫奧仁是國　巴特勒是英雄

所以　你我之間
有些心願幾乎完全相同
我們給男孩取名奧魯絲溫巴特勒
你們也常常喜歡叫他　國雄

鄂慕格尼訥是悲傷　巴雅絲納是欣喜
海日楞是去愛　嘉嫩是去恨
如果你們是有悲有喜有血有肉的生命
我們難道就不是
有歌有淚有渴望也有夢想的靈魂

（當你獨自前來　我們也許
可以成為一生的摯友
為什麼　當你隱入群體
我們卻必須世代為敵？）

（略四節十六行）

以蒙古語和漢語的命名意味，比較了民族和文化的親和性。文字不一樣，但指涉意義相同。不同的民族，歷史都有血有肉，有悲有喜。政治常反映相對的價值，譬如兩國交戰時，可以殺敵致人於死；但文化講求絕對價值，沒有人可以剝奪另一個人的生命。不同的民族在國家意義及利害因素相互競爭、征戰，詩人表達蒙古族受漢民族的宰制，雖然元帝國是蒙古人在傳統漢人領域建立的國家，但後來的歷史是大明帝國以及大清帝國統治，中華民國時期統治蒙古族及地區，現在的中華人民共和國，原先的外蒙古已獨立為蒙古國，而內蒙古則以自治區成為中國北方境內的領域。〈蒙文課〉透過對語言文字的反思，流露了一位在台灣的蒙古裔漢字中文詩人的深沉體認。在中國四川出生，原蒙古察哈爾盟明安旗人的席慕蓉，少小時隨中華民國政府從中國撤退來台，她的蒙古身分認同，應該是詩風轉變的因素，而這種特質也是席慕蓉從一九八〇年大眾詩躍升到真正屬於她詩人風格的關鍵。

席慕蓉從蒙古的文化根源追索和認同，重新建立自己的詩位置。之前的她，是暢銷詩集的作者，但評價不一，學院頗多排斥。她的崛起是對戰後台灣現代詩走向晦澀化的某種反逆現象，但建立在易解、可讀的散文化自然流露、抒情調性，而非詩本質的深刻把握和創新。蒙古——這一關鍵因素，讓席慕蓉詩的藝術和文化性重新定位，呈現了某種動人的真實，而非僅止於詞藻的感人意味。比起早先的市場現象，她重新定置了自己。一些以輕薄淺顯、輕視她的批評，適可而止地降低了對席慕蓉排斥的聲量。

鄉土文學論戰是一九七七年的事，關傑明、唐文標對戰後在台灣以中國現代詩為名的批評，一九七〇年代的《龍族》和《陽光小集》分別是一九四〇世代和一九五〇世代詩人群，分據於中國和台灣的民族論，一前一後的文化和社會反思。席慕蓉既不屬於前者，也不屬於後者，她是在個人的位置進行的重新定位。她以蒙古、以仍在中國境內以內蒙自治區地區存在的故族、故鄉（其實，她在四川出生），以蒙古察哈爾盟明安旗人的身分，開展她詩歌的新里程。《七里香》、《無怨的青春》是她的詩在市場亮眼的標誌，但在她新里程的詩，才建立了席慕蓉真正的詩人身分。

不是異國情調，而是異民族心，相對於漢人中國這種仍存「普天之下，莫非吾土」的睥睨一切、唯我獨尊，游牧民族的蒙古人，儘管曾以大元帝國入主中國，但帝國並未長存。蒙古人的心思不同於漢民族，更像世界的游牧民族。我曾在《亮在紙頁的光》這本「三十九位世界詩人的心境與風景」，引介過一首詩人許達然譯的美國俄吉卜威族印地安人詩歌〈一個將死在異鄉的人底歌〉，行句裡流露的就不同於扎根土地的民族，而有一種非定置的心。「要是我死在異鄉，／要是我死在不屬於我的土地，／無論如何，雷，／隆隆的雷，／將帶我回家。」；「要是我死在這裡，風，／衝過大草原的風，／風將帶我回家。」；「風與雷，／他們到處都一樣的，／那麼就無所謂。／要是我死在異鄉。」四處為家，適應自然，想你死後自己會被雷與風帶回家。這讓我想到席慕蓉的〈大雁之歌〉，她以「寫給碎裂的高原」為副題的一首詩。

祖先深愛的土地已經是別人的了
可是　天空還在
子孫勇猛的軀體也不再能是自己的了
可是　靈魂還在
黃金般貴重的歷史都被人塗改了
可是　記憶還在

我們因此而總是不能不沉默地注視著你
每當你在蒼天之上緩緩舒展雙翼就會
刺痛我們的靈魂掀開我們的記憶
背負著憂愁的大雁啊
你要飛向那裡？

——〈大雁之歌——寫給碎裂的高原〉

我、天空、大雁，在想像的祖先失落的土地上，不被據占者擁有而仍存的天空，軀體與靈魂、歷史與記憶……我因而從大雁的飛翔——緩緩舒展雙翼，背負著憂愁的蒼天之上的寄託對象，在刺痛中訴說作為子孫的心思。飛翔在天空的雁，是席慕蓉想像的寄託物，這樣的想像極具真實。雁，在許多詩人的作品裡，被引用、賦予想像。台灣的詩人白萩，以雁敘述在廣漠天空飛行的歷史感和孤獨；有一位患了絕症，只出了一本詩集《動物哀歌》的日本詩人村上昭夫，以雁的哀歌，訴說一個得了不治之病的人的心，說「雁的叫聲與患了不治之病的人的心靈深度相同」，又說，自己會「在雁飛行的終點與雁相遇」，隱喻了自己的死亡。

一九九〇年代的席慕蓉，不同於一九八〇年代的席慕蓉。她不屬於任何詩社，而是一個在詩之路途的獨行者，她的另一種藝術創作的身分是畫家，她也有許多散文作品，流露一樣的詩心。兩個詩人席慕蓉：一是兒女私情畫意，一是從蒙古的身分認同（Identity）重新形塑的深沉探索。這種變遷，在歲月裡留下什麼樣的詩的形跡？她的〈歲月三篇〉以「面具」、「春分」、「詩」留下一些寫照。

我是照著我自己的願望生活的
照著自己的願望定做面具
有時候戴著謙虛　有時候戴著愉悅
（略六行）
（略六行）

——〈歲月三篇〉之「面具」

在春分剛至的田野間
在明亮的窗前　我真的有過
許多如針刺如匕首穿胸的痛楚？
（略六行）

——〈歲月三篇〉之「春分」

曾經熱烈擁抱過我的那個世界
如今匆匆起身向我含糊道別
時日推移　應該是漸行漸遠
為什麼卻給我留下了
這樣安靜而又沉緩的喜悅

重擔卸下　再無悔恨與掙扎
彷彿才能開始看見了那個完整的自己
我的心如栗子的果實在暗中
日漸豐腴飽滿　從來沒有
像此刻這般強烈地渴望　在石壁上

刻出任何與生命與歲月有關的痕跡
——〈歲月三篇〉之「詩」

經歷歲月的時間，席慕蓉的詩之路途印記了更真實的自己。她的詩是她心境的投影，從戴著謙虛或愉悅的面具，有過許多如針刺如匕首穿胸的痛楚——這種詩句形塑，形成的經驗，她「渴望在石壁上，刻出任何與生命與歲月有關的痕跡」彷彿對詩之為詩有更深的體認，石壁的痕跡更為永恆，石壁也彷彿蒙古的空間風景。

席慕蓉現象有兩層意涵：一為一九八〇年代，她以《七里香》和《無怨的青春》掀起的大眾詩現象；另一種意涵是她連帶、追尋了蒙古民族身分的詩情和詩想。蒙古的高原想像，在近現代兩個中國從北方邊陲省分到少數民族自治區的政治際遇，以及她從小就在漢人領域的中國、及至隨國民黨中國流亡來台的成長經歷。她的身分認同應該從中國人，轉而意識到自己是蒙古人的過程，是一種變遷的過程，也是一種重新尋覓的過程。一九九〇年前後，成為她作品心性轉捩點。詩更據於民族，比起國家而言，但這也基於語言的條件，但席慕蓉的蒙古身分並不具有充分的語言條件，而是在於認同的心性。

一九九〇年，席慕蓉主編一本蒙古現代詩選《遠處的星光》（圓神）。她在序文中說「幾十年來，一個不通曉本族語言和文字的蒙古人，一個遠離族群、從來也沒見過故鄉的蒙古人，在有限的資料裡，只能得到一種模糊的概念而已。」她又說「每一個民族心裡都有詩。／每一首詩都是穹蒼上的一顆星光。」在這本詩選，她比較偏重地介紹用蒙古文創作的詩人作品，收錄了二十位詩人，包括一九一〇世代到一九六〇世代，是台灣難得讀到的蒙古詩譯介。但這是中國內蒙古自治區詩人的作品，並不包括已成為蒙古國、在中國原先以外蒙古稱之的另外一部分。蒙古人被分為兩種不同國度，並非獨特現象。近現代世界的演變與國家形成，一民族多國家或一國家多民族，所在多有。也有一民族，部分為獨立國家，部分被其他國家領域的現象。

蒙古國於獨立後受蘇聯時期文化和政治的影響，和內蒙古自治區在中國境內的發展情境不同。從席慕蓉主編的《遠處的星光》可以讀到一種蒙古詩人的聲音，但另一種蒙古詩人的聲音在另一個獨立於中國之外的國家。二〇一〇年，曾有來自蒙古國的詩人團體在台北及花蓮參加交流活動，並由蒙古國烏蘭巴托代表處與台灣蒙古學生協會主辦了朗誦會，穿插歌謠演唱。蒙古國多任總統及高層官員有詩人身分，意味他們是重視詩歌的國家。文學台灣基金會也曾在二十一世紀初，邀請蒙古國詩人參加高雄的國際詩歌節，一樣是國家與國家之間的詩人交流。蒙古國人口約三百萬人，內蒙古自治區人口約二千四百萬人。蒙古國受前蘇聯、俄文化影響；而內蒙自治區使用回鶻蒙文仍多，也有使用漢字中文者。比較起來，蒙古國詩人因前蘇聯的影響，西方化較深，普希金、葉賽寧等俄國詩人和美國詩人惠特曼的詩風都受詩人喜愛，也產生影響。台灣詩人自二十一世紀初，在高雄的國際詩歌節後，也多次有人組團去烏蘭巴托和蒙古國的詩人交流。但像席慕蓉這樣的蒙古人身分，以及因這種身分而在詩人之路走向新歷程的，只是個別現象。

《邊緣光影》是席慕蓉一九九〇年代的詩集。〈蒙文課〉、〈大雁之歌〉都在其中。二〇〇一年出版的詩集《迷途詩冊》，推向她的抒情新境。另一個席慕蓉似乎從蒙古的原族原鄉認同和留學異國他鄉的藝術情調，形塑了更深刻的人生觀照。她有〈鹿回頭〉這樣的作品，從一把有紋飾的古董青銅小刀，喻示了青春之憶。

〈鹿回頭〉

——記一把三千年前製造的鄂爾多斯式青銅小刀上的紋飾

在暗綠褐紅又閃著金芒的林木深處
一隻小鹿聽見了什麼正驚惶地回頭
眼眸清澈的幼獸何等憂懼而又警醒
恍如我們曾經見過的　彼此的青春

以一首四行短詩，描述一把古董小刀的紋飾。小鹿心頭亂撞的忐忑心情在行句裡呈顯，明晰清澈，可圈可點。

二〇〇六年到二〇〇八年，我受教育部委託，主持「青少年台灣文庫」文學組的編輯事宜，既擔任詩、散文、小說的總召集人，也主編了共二十四冊中，詩部分的選詩，分別在

《花與果實》、《天門開的時候》、《我有一個夢》三冊，選讀了席慕蓉的〈孤星〉、〈鹿回頭〉、〈旁聽生〉、〈孤星〉、〈植樹節之後〉多首作品。我沒有選入她的早期詩，即使那些詩，曾有許多閱讀者，但大眾詩現象並不能呈現席慕蓉的詩人形色，後來的席慕蓉應取而代之。

曾在比利時布魯塞爾皇家藝術學院攻讀油畫與蝕刻版畫的席慕蓉，對色彩有其體悟。她的一首詩〈色顏〉，留下歐洲的異國形色光影；在植物、花卉之間，在建築物與衣物之間，在色彩之間。

薰衣草紫與紫丁香藍之間
其實只多了一層薄薄的霧氣
威尼斯赭紅與聖袍褐之間
少的卻是那漂洗過後的滄桑

罌粟紅　唇色近乎正朱
歌劇院紅的胭脂偏粉
而我獨愛那極暗的酒紅
是一種不逾矩的挑逗和渴望

當然　還有阿拉伯藍
那是比天藍法國藍還多了幾分
向晚的華麗和憂傷

讓我想起花剌子模悲愁的蘇丹
最後舉起的那一把佩刀
在裏海的孤島上　不戰而敗亡

色顏，色彩之顏，察觀形色。歐洲和中東，交織在紫、藍、赭紅、褐、紅，不同國家，民族的色彩之顏既是地理的，也是歷史的。異國的情調、情境呈顯不同的文化況味。詩的末了，中東悲愁的蘇丹，舉起佩刀，不戰而敗亡的情境，有歷史的風土。顏色是語言的另一種符號，不若文字準確，畫者的體會比一般人深。象而有徵，象而有意。畫筆和詩筆交融，多所琢磨的韻味洋溢其中。

蒙古是席慕蓉認同的故土，也是她新的詩的泉源。即使沙漠，在深層底部隱藏多少的文化意味，讓她不被局限於中國古典情境。《七里香》、《無怨的青春》時期的詩行，相對是浮面、表層的抒情現象，後來的席慕蓉才可深讀，才耐品味。有些詩人或會迷思在大眾詩閱讀者眾多、市場大的幻境，無法也不想提升，但席慕蓉懂得跨越，她在故族原鄉的認同找到自己真正的詩的根源。

沙漠有許多傳統，草原也是，新疆或蒙古相對中原之地有其不同的況味。絲路的傳奇是世界史，東西方交會的傳奇。西域的小國樓蘭，有羅布泊，被視為神一般的存在。沙中之海——羅布泊，也是羅布人的村寨。漢帝國時代，流傳下來的神祕故事，近乎神話的傳奇。一九三〇年代蒙古的發現，一具少女的乾屍，像似新娘的裝扮，是西元前更早年代遺留的女性身體，畫像重現出樓蘭新娘，被後人傳頌。日本作家井上靖有小說《樓蘭》，描述了漢帝國和古匈奴爭奪羅布泊，樓蘭人漂泊流離的故事，席慕蓉的〈樓蘭新娘〉則是詩的形繪，有另一種動人的氛圍。

我的愛人　曾含淚
將我埋葬
用珠玉　用乳香
將我光滑的身軀包裹
再用顫抖的手　將烏羽
插在我如緞的髮上

（略十七行）

只有斜陽仍是
當日的斜陽　可是
有誰　有誰　有誰
能把我重新埋葬
還我千年舊夢
我應仍是　樓蘭新娘

——〈樓蘭新娘〉

借物引喻，〈樓蘭新娘〉有席慕蓉一貫的抒情調性，她似在中國的邊疆地帶，從歷史遺留的傳奇看到悲劇，以及悲劇形塑的藝術之美，某種遙遠的女性之歌。源於蒙古身分認同，席慕蓉不斷開啟，展現她的詩視野，成為既異於早期的自己，也異國在台灣的詩人的心靈風景，自謙為旁聽生，引喻自己重新尋覓故鄉的山河記憶，自己與父親的對話，流露了對自己根源之鄉的追尋。她的追尋應該無止境，仍在進行中。經歷大眾風華，沉澱於原鄉風土的席慕蓉，在「故鄉」這座課堂旁聽，她尋覓山河的記憶、記憶的山河，並且將她的山河和記憶形成行句，成為她詩的真摯動人的風景。

〈旁聽生〉

您是怎麼說的呢
沒有山河的記憶等於沒有記憶
沒有記憶的山河等於沒有山河

（略一節三行）

那我可真是兩者皆無了
是的　父親
在「故鄉」這座課堂裡
我沒有學籍也沒有課本
只能是個遲來的旁聽生

（略一節五行）

速寫山林風情畫，點描人間浮世繪

——單純意義的狩獵者，感覺重於精神的喬林

翻閱喬林（一九四三～）的詩集，不知為什麼，想起希臘詩人黎佐（Yannis Ritsos，一九〇九～一九九〇）的詩。並非喬林有強烈社會意識、抵抗性，而是某種異於台灣許多詩人的鬆散敘述，有大多像分行散文的詩，不但形式、連意味都不具詩的形色。當然了，另一些詩徒具晦澀字句，不見得有真正的意義深度。喬林的詩簡潔，黎佐有一首詩〈簡潔的意義〉，極具借鏡。

我把自己藏在簡單的事物後面讓你們找我；
要是你們不找我，你們就找到事物，
摸我的手摸過的東西，
我們的手迹就融和在一起。

八月的月照在廚房
像一個馬口鐵鍋（因為我告訴你）

亮起了空洞的房子及跪著的沉默——
沉默總是跪著的。

每個是只常被削除的意義的出口
堅持相會時就會變成一個真正的字

——〈簡潔的意義〉許達然譯

許達然是有社會意識，講究簡潔的詩人，他會注意到黎佐，是自然的事，把自己藏在簡單的事物，讓閱讀的「你們」找我。我、事物、我摸過的事物，是融和在一起的。八月的月和馬口鐵鍋，俏皮的括弧裡幾個字讓比喻成立。空洞的房子及跪著的沉默，有一種困阨感，似乎喻示黎佐被放逐在希臘愛琴海一個小島的苦難，而他又加重了沉默總是跪著的，這樣的情境。字和字相會，被削除的意義出口就會變成一個真正的字，在堅持時就會實現，或說是信念。讀詩的興味常存在於此。

我曾在《聽，世界在吟唱》（圓神出版，二〇一四）這本編譯書，把黎佐放在金子美鈴（一九〇三～一九三〇，日本）、窗道雄（一九〇九～二〇一四，日本）、谷川俊太郎（一九三一～，日本）、徐延柱（一九一五～二〇〇〇，韓國）、賀洛布、裴外、羅卡、蘭斯頓．休斯（Langston Hughes，一九〇二～一九六七，美國）、聶魯達（Pablo Neruda，一九

○四～一九七三，智利）共十位世界詩人的作品集錦成冊，分享給台灣的閱讀者，作為詩的禮物，自己也多次譯讀了他的詩。在〈閃亮的精靈〉這篇隨筆，我以「俳句的觀照，東方回映西方」，提到黎佐多首仿俳詩。

新月
套上它的袖子——你看到了嗎？——
一把小刀

＊＊＊

瓜地馬拉，尼加拉瓜，薩爾瓦多，
那麼多身體要到哪？樹上，風睡了，
一件披著的灰色褲子。

——李敏勇譯

讀詩的趣味常來自言外之意，以少喻多，與散文有所差別。簡潔，但有深意。即使像黎佐這樣介入的詩人，他的詩也不會是口號、概念的陳述。新月——小刀，是兩個事物的相互比較。袖子是雲，看到了嗎？其實是在說套上刀鞘，隱沒之前。而瓜地馬拉、尼加拉瓜、薩爾瓦多這三個中美洲國家，游擊隊員夜晚把穿著的長褲洗了披在樹上，在希臘的黎佐也關心在中美洲的這些國度，關心軍事統治下的社會情境。有民眾性、有革命意識，但詩之為詩一定存在著詩的條件，才能留在詩史，留在詩人的作品條件。

說喬林，我常想到他的〈狩獵〉：

花鹿矢跑過去。泰耶魯的青年矢跑過去。
黑瘦的高山狗矢跑過去。泰耶魯的青年矢跑過去。

我是一靜觀的松樹。

花鹿慌奔過來。泰耶魯的青年慌奔過來。
黑瘦的高山狗慌奔過來。泰耶魯的青年慌奔過來。

松樹凝視著我。

——〈狩獵〉

花鹿、泰耶魯青年、黑瘦的高山狗、我、杉樹，是這首詩中的五種角色。「矢」在這首詩中不是名詞，而是被挪用為副詞。整首詩，是以花鹿、泰耶魯青年、黑瘦高山狗跑過去，以及跑過來兩種對照組合呈現。我和樹原先看著像矢一樣，飛奔而去，我也像杉樹一樣，並合為一體。而花鹿、泰耶魯青年、黑瘦高山狗跑過來時，變成杉樹凝視著我，分而為二。〈狩獵〉呈現的是泰耶魯原住民，亦即泰雅原住民青年狩獵的事況。名詞和動詞而非形容詞，構成這首詩，與一些詩常堆砌形容詞相比，這首詩讓人印象深刻。

修習土木工程，在榮工處擔任工程師的喬林，參與台灣東部與南部山區公路建設，特別是南部橫貫公路的工程，在山地原住民部落的生活經驗，讓他的許多詩反映了原住民情境。他的工程訓練養成了有別於文史課程培養出來的心性，不同於習慣從古典詩誡律則為修辭咬文嚼字的擬似詩意再現，而有某種新的詩意。

喬林寫過泰雅族女性，也就是他以泰耶魯為名的女性，料想是表達思慕之意。詩名〈莎茵娜〉，應是泰雅族原住民女常用名「莎韻」（Sayun）。日治時期發生於台北市蘇澳郡，一名泰雅族少女替日籍教師搬運行李，失足溺水身亡，被立築「莎韻之鐘」表彰，也拍成電影，喬林〈莎茵娜〉是「莎韻之鐘」的泰雅族少女、現實的泰雅族少女，或兩者合一，並不影響這首詩的閱讀，這首詩是「我」對妳的思慕，是詩人在青春的人生之途某種情念。

〈**莎茵娜**〉

就叫你小山花，泰耶魯的女兒，昨天我自蘭陽來，在路上
我就慌張的懷疑你是春與春的疊影是清麗的水聲的塑像
是一片雲偶而走在路上。幽美的莎茵娜
如果你是人生。如果你是理想。如果你是死亡
啊！至美的莎茵娜。容我同你握手。容我同你言歡

在那竹青的小屋
在那松火的夜晚

從蘭陽，亦即宜蘭到台東，曾經過「莎韻之鐘」的蘇澳郡附近的南澳。喬林經花蓮而台東山地工務駐紮所營舍，在夜晚的小屋留下這首作品。他後來也寫了布農族女子〈阿布斯〉兩首。

奔跑的山，在我的膝下一個個的離去
一如流竄追逐的獵犬

我永遠得不到阿布斯
我的呼聲那麼宏偉
然而再折迴時
是瘖啞
是非戰士
（略二節八行）

——〈阿布斯（一）〉

（略一節八行）
眩目的太陽已成孤獨的荒鷲
盤旋著　不能收翼佇足
只因我是一無根的巨樹
艱難的用一千葉的唇
吞納氣息
我得不到阿布斯

——〈阿布斯（二）〉

「我永遠得不到阿布斯」在詩的脈絡是說跑不贏阿布斯的意思。山是不動的，但喬林反過來以奔跑的山與自己對照——奔跑的自己，反而不動。在山林相互奔逐，布農族的女人矯健飛奔，相對的來自平地男性呼聲是瘖啞的，艱難地用一千葉的唇，意味急促呼吸，上氣接不著下氣，像無根的巨樹。這樣寫布農族女性，留下青春之憶。

喬林的詩也記述布農族老人：

〈老布農〉

一位老布農眠著眼傍依著一位老皺的影子
完全用狩獵那種摒息定靜的狩獵一支支風那青瘦的足

一位平地人很安靜的把他印刷在那竹屋的門板上

一位平地人，喬林就是，或其他人。把一張海報，貼在自己居住的竹屋木板。海報就是前一節兩行敘述的影像——一位老布農的影像，喬林的凝視，靜觀，捕捉了原住民的姿影，眠著眼，欲睡的樣子，他的影子陪伴著他，青瘦的足可是用來狩獵的，跑起來像風一樣的腳的形影，摒息定靜的樣子是另一種形色。

〈AMERICA〉

手提著紅標米酒在瓶子裡搖晃著便搖出一匹無雲的青空來

所謂天色之陰霾僅在瓶外

妻正很安靜的蹲在低矮的土灶旁煮地瓜
她又將如何曉得我厚重的手板已輕盈如鴿子般的
脫臂展翅而去
飛越過多大一片的地瓜地

AMERICA是美國，也是日治時期習慣日語稱的米國，台灣米酒因而在原住民口中，也被以AMERICA稱之，喝醉酒的原住民丈夫，搖搖晃晃，瓶子裡的酒搖出無雲的青空，只剩空瓶，相對的是妻子在土灶旁煮地瓜，而丈夫飛擲手板到老遠老遠的地瓜地之外，醉酒的男人和安靜的女人。

駐紮工地，與家人聚少離多，在一九七〇年代，免不了魚雁往返，喬林的〈與親卿書〉，別具一格，既是說寫信的事，也是一封信，一封情書。

〈與親卿書〉

您寄了封信給我
我寄了封信給您
你寄給我
我寄給你
您寄
我寄

你
我

您既不能是幾張信紙
我也不能是幾張信紙

形式的趣味是喬林的用心，以您、我通信的頻密，完整的敘述行句，到逐漸省略，仍表達完那愛戀，有層次感，頻密意味，詩的末了，才提到雙方都情綿意濃不只幾張信紙。喬林詩中的形式意味和形式趣味約制了詩的散文化造型危機，相對於一些隨意的詩敘述，顯得特別突出。他也不是一些從古典詩情轉化為白話心境的詩作為，而是觀照自生活的行句。
在山林之間的生活體驗，他留下許多相關詩篇，流露某種景致，喻示著單純的心。

〈燈芯〉

野地里
一間木屋
世界里
一個人

長長的夜
短短的燈芯

想是點煤油燈的山居夜晚，以野地相對世界，一間木屋一個人的情境。相對於長夜的漫漫，煤油燈芯是短的，燃盡之後就是黑暗。二節六行，三種景況，夜晚一個人的孤獨情境。
相對於原住民山地部落，喬林的都市生活則有另一種況味。

〈**都市生活**〉

早安　垃圾
七種色彩的油漬
從著河流著
河就從著街流著

午安　大廈

一星期七天七天一等模樣
從著街流著
街從著河流著

晚安　霓虹燈

以早安、午安、晚安，以垃圾、大廈、霓虹燈，相對於高山原住民部落的簡單、素樸自然，都市是一種人工化風景，河流街道交織色彩的油漬，重複的日日。喬林的都市生活是負面性的。都市的複雜、擁擠，不忍卒睹。

一塊錢豆腐干五毛錢白菜二塊錢魚
一碗白飯
（略一節二行）
來一碗蘿蔔湯
一碗白飯

雨花一瞬間開了又謝
一頓飯接著又一頓飯
老天算錢吧

——〈算錢〉

都市生活的日常性顯示在普羅大眾的是存活狀態，但這就是現實。在野外山區的工地，面對自然環境，是一種際遇。回調到都市的辦公場所，是另一種人工環境，另一種際遇。

走出辦公室

躲開主管的視線
我打開胸膛
釋放了囚禁多時的鳥
（略二節八行）

——〈釋放〉

他佇立在街道的一邊
大巴士向左邊開過，小轎車向右邊開過
小轎車向右邊開過，大卡車向左邊開過
油罐車開過，救護車開過
開過。開過。車。車。車
樹佇立在街道的一邊
（略一節五行）

一次再一次再一次
他找著車與車開飛去的空隙
看樹

樹找著車與車間飛去的空隙
看他

——〈他佇立在街道的一邊〉

詩行顯示的是都市的不適應症候，他和樹只能在車潮車陣的隙縫相互探看。喬林的都市詩並非歌詠都市，而是一違逆感。鄉村山間和都市之間畢竟相互隔閡，但生活的現實就是這樣，過去與現在的時間並不相同，這也反映在他的詩裡。

喬林曾經被派遣到沙烏地阿拉伯，一樣是道路工程。不同於高山部落，那是異國。但他的異國詩情呈現在越戰期間的幾首詩，以〈越戰印象〉為名的系列作品，包括爆炸事件、前線、宵禁、劫後……是另一種意味。

〈爆炸事件〉

奔跑的
那人是砲聲
那人是爆炸後飛起的彈片
那人是揚起的灰塵

那人是綠色長頭毛衣是飄展的長髮
是碎花洋裝

所有的樓房
嚇立在大街旁
都來上那麼一陣冷顫

——〈越戰印象〉三之一

與山地原住民部落的情境書寫，也與都市生活況味的書寫不同。喬林也關切諸如越南戰爭的動態，交錯於一九六〇年代，一九七〇年初期的相關詩作，呈現在《基督的臉》、《狩獵》、《布農族》諸詩集，後來的則在《文具群及其他》，是對辦公室物件的抒寫。

大體而言，喬林的詩是他生活的觀照。他的感覺重於精神，並非白荻強調的「重要的是精神而不是感覺」的詩人。他的詩人歷程作品也不太多，但講究形式、重視呈顯而非流於說明，維持了詩性意味。他曾說「詩是要暴露問題的那一裂痕，它給予讀者的快感，即居於那驚心動魄的裂痕的坦露，詩人應該具有愛力和抵抗力的雙重修養。問題發生的背景即詩人所注目中逐漸掙扎提升的人的意義，而與之俱來的愛力抗力的交錯發生。」他的詩有讓人訝異的靈光一閃，冷靜的觀照，顯示刻畫大於情緒的表露，呈現一種細膩觀察者的姿勢。

喬林速寫了山林的風情畫，點描了人間的浮世繪，他是冷靜的狩獵者，像照相機閃光燈的乍現，照見的是生活的風景。

歌詠農鄉的愛戀，吟唱家園的憂傷

——在鄉村田野發出素樸聲音的吳晟

翻閱吳晟（一九四四～）寄贈的散文集《我的愛戀　我的憂傷》，扉頁他拙樸的手書以文學老友相稱，提及半世紀的情誼。回想起來，確是。一九六〇年末期，早在他的〈菩提樹下〉發表於《笠》二十三期（一九六七年十二月號），我的〈塔〉發表於《笠》二十七期（一九六八年八月號）之際，我們就相識了。那時，他在屏東農專就讀，我離開高中，未考大學，服了兵役，準備考大學，卻未忘情寫作。家在中部彰化鄉間的他，有在台北的求學經歷，也留下與周夢蝶在武昌街書攤晤談的往事，台灣南北縱軸都有形跡，而我從高屏到台中，只在服役期間在楊梅留下駐紮經驗，放假時到台北，體驗了相對繁華的都會。周夢蝶的書攤，我是去過的，但與他未曾晤談。吳晟的〈菩提樹下〉和我的〈塔〉，倒是有某種共同的、類似的文學青年抒情心境。

我在台中就讀大學時，吳晟是我後來加入《笠》之前，少數的詩友之一。曾在他主編的校刊《南風》發表過散文，也曾多次在台中相晤、交談。記得最清楚的是，一九七〇年，我們兩人同獲推薦所謂的優秀青年詩人獎。我拒絕北上領獎，但吳晟執意前往。行前，我們在台中火車站前的噴水池碰面，搭乘夜車到台北可以免於投宿旅社，可省一些花費，是考量的因素。可以在搭車前，談文論藝，切磋一些寫作的事。相對於台北的詩壇、文學圈，我們都算是中南部鄉間素樸的文學青年，從書店買了詩誌文學刊物，努力擴大自己的視野，也嘗試投稿，追尋著詩人之路、作家之途。獲得獎賞，可視為一種鼓勵，但不知怎麼，我拒絕了來自什麼協會的獎賞。

吳晟去台北領獎，回來之後，我們又約在台中火車站前噴水池見面。聽他談了不太愉快的經驗，說等候頒獎時，旁邊有不識他的年紀稍長詩人以調侃的語氣談論他。或許因為相對於首善之都的一些詩人們，中南部詩人的素樸性被另眼看待吧！感覺吳晟相當在意別人的眼光，對於一向敬謹的他，外界的看法或許有所影響。當年，我在《笠》四十三期（一九七一年六月號）發表一篇批評洛夫的文章〈招魂祭〉，談他在《一九七〇詩選》的詩認識，掀起軒然大波。此後，我即向世界詩要求更寬廣的視野，從譯介捷克詩人巴茲謝克的詩選、坦米爾人詩歌、美國詩人W. C. 威廉斯、默溫（W. S. Merwin，一九二七～二〇一九），作為我的學習作業，並持續梭巡世界詩，以譯讀充實自己。迄今，相關譯讀已出版十多冊了。

一九七〇年代，吳晟雖非《笠》同仁，也在《笠》發表許多作品，但他似乎對《笠》譯介的世界詩較少關注，對中國三〇年代、四〇年代詩人興味較深。更多作品發表於《幼獅文藝》、《聯合副刊》，深得瘂弦重視。鄉土文學論戰期間，余光中曾以〈狼來了〉拋工農兵文學的帽子，但吳晟早獲余光中賞識，譽為新鄉土詩的起點，似乎有將他與《笠》區隔開來的做法。確實，《笠》應該是相對於「現代派」的本土現代派，與《現代詩》、《藍星》、《創世紀》的屬性也有別。《笠》的詩人中，鄉土性應該不是共相，本土意識才是。若說鄉土性，則不能不聚焦於林宗源，但他的鄉土性也不同於吳晟。林宗源的抵抗性強，而吳晟的詩性格有溫柔敦厚的一面，是怨嘆而非火氣。

鄉土文學論戰以後，本土文學被宰制的狀況稍獲舒緩，但其中現代詩的論戰並沒有真正解決詩的藝術與社會問題。唐文標的見解相對於某些執著於詩藝的詩人、詩評論家見解，不盡開展。民眾性在詩人們之中，有所推進，但大眾性也是一些詩的動向。一九五〇年代，在「現代派」陣營的一些詩人，從橫的移植、現代主義的曲意或錯意模仿，在鄉土文學論戰前後期，又轉向縱的繼承，從唐詩的古典情境模擬純粹經驗，倒退地走回新詩革命、現代詩運動之前的傳統。精神不在場，流亡心境，無法連帶台灣這塊土地，失去現實感。詩成了附庸風雅的形式趣味。

吳晟在鄉土論戰的較早時際，獲余光中譽為鄉土詩的新貌，而獲矚目。一九七六年，他在楓城出版《吾鄉印象》，已展現他的新定位；鄉土文學論戰後，再於遠景出版詩集《泥土》，更確立他自此一路的榮光。但吳晟似乎常覺得因為他未參加詩社而在詩史評價被刻意輕忽，常表態自己輕名薄利，但不免也有所怨艾。這是他的個性，缺乏自信，因此詩裡多怨艾而少抵抗；缺乏自信，因此在意別人的眼光。一九七〇年，他與我同獲推薦「優秀青年詩人獎」，我拒領而他去領獎，在現場感受的氛圍放在他心上，就是例子。

參加詩社，意味著參與詩的運動性，一九五〇年代的《現代詩》、《藍星》、《創世紀》

都是詩社的詩刊，同樣是跨越海峽的詩人為主，具有中國性，但仍然有不同的主張，分別形成共識者的群體。一九六〇年代，《笠》的出刊，也有詩社，戴台灣斗笠不戴中國皇冠意味著台灣性，有在野的性格。吳晟不加入詩社應有他性格中小心謹慎的選擇。他只在屏東農專校刊《南風》有他一群校園文藝青年組合。在《笠》發表許多作品，但並沒有加入笠詩社，應該也沒有被推薦、邀請加入。如果他是《笠》的同仁，鄉土文學論戰風雨欲來時，他也不一定會成為余光中所說的新鄉土詩的起點。畢竟，《現代詩》、《藍星》、《創世紀》的詩社樣態反映的是文化性，但《笠》的創刊、結社被視為不只文化性，而有政治性。余光中把吳晟看作有《藍星》意味，不只是他曾多次在《藍星》發表作品，他的抒情吟唱性也有《藍星》性格。特立不盡獨行，畢竟吳晟不是一匹狼的存在。

〈吾鄉印象〉

古早古早的古早以前
吾鄉的人們
開始懂得向上仰望
吾鄉的天空
就是那一副無所謂的模樣
無所謂的陰著或藍著

古早古早的古早以前
自吾鄉左側綿延而近的山影
就是一大幅
陰鬱的潑墨畫
緊緊貼在吾鄉人們的臉上

古早古早的古早以前
世世代代的祖先，就在這片
長不出榮華富貴
長不出奇蹟的土地上
揮灑鹹鹹的汗水
繁衍認命的子孫

〈吾鄉印象〉是《吾鄉印象》這本詩集的序詩；吾鄉，就是吳晟家居的彰化溪州。這首詩、這本詩集奠立吳晟詩的位置，也開展吳晟特殊定性，是他定位於台灣中部一個農業鄉的詩與詩人風景。大概很少詩人像吳晟一樣，作品明晰地定置在一個地方。林宗源的府城台南也類似，但林宗源延伸許多國族、世界想像。吳晟這種聚焦性，容易被當成一種樣本。有的視他的作品代言了台灣農鄉的心，有的視他作品的台灣性與鄉土文學論戰指謫的違逆性格切割，在戰後台灣現代詩發展的歷史，吳晟是特殊的選樣。

吳晟的詩在於吟唱農鄉的愛戀，歌唱家園的憂傷。他的世界就在他的農鄉、他的家園。地理性大於歷史性，他的地理性在彰化溪州，而歷史論大多是農鄉變遷的投影，是一種對於工業發展和城市化的演變。〈吾鄉印象〉敘說著他所屬農鄉的人、事、物情境，一種認命的情境。〈店仔頭〉的人聲話影，〈曬穀場〉在晴雨不定的拚命，〈歌曰：如是〉的宿命歌唱，〈路〉引喻的生活變化，電線桿、機車、電視機……的光影，〈稻草〉一束一束喻示的老人。吾鄉是吳晟維護，但不免受到外力改變，甚至破壞的農鄉，也是家園。

他的泥土連帶在母親而非父親的形象，因為父親早於母親辭世，也因為泥土的屬性使然。

〈泥土〉

日日，從日出到日落
和泥土親密為伴的母親，這樣講——
水溝仔是我的洗澡間
香蕉園是我的便所
竹蔭下，是我午睡的眠床

沒有週末、沒有假日的母親
用一生的汗水，辛辛勤勤
灌溉泥土中的夢
在我家這片田地上
一季一季，種植了又種植

日日，從日出到日落
不知道疲倦的母親，這樣講——
清涼的風，是最好的電扇
稻田，是最好看的風景
水聲和鳥聲，是最好聽的歌

不在意遠方城市的文明
怎樣嘲笑，母親
在我家這片田地上
用一生的汗水，灌溉她的夢

〈泥土〉是吳晟寫母親，一首相當具有代表性的詩。《笠》曾拿來和巫永福的〈泥土〉在「作品合評」裡討論，巫永福詩的風土呈現中央山脈埔里山城的風情，以生與死的血脈性抒情，吳晟則以母親的生活實感呈現。不在意遠方城市文明的母親，其實也傳襲到吳晟的思維與價值觀。這也是一九七九年在遠景出版的一本詩集書名。吳晟喜歡以重複語句展開詩行敘述，〈泥土〉這首詩第一節、第三節的「日日，從日出到日落」，〈吾鄉印象〉三節的起首「古早古早的古早以前」都是，像說書人講古。這種疊句形式，讓吳晟詩的散文性有了詩性意味。

散文性大於詩性是吳晟詩的特色。他也是一位散文家，他的詩意也在他許多散文作品中流露。因為散文性，他的詩易讀易懂，不必過多詮釋。鄉土文學論戰前的晦澀化，阻絕了許多人對於詩閱讀的嘗試，是被詬病的。吳晟的詩一反被詬病的晦澀，散文性是其中要素，加上題材的可親近生活性。中學國語文教材喜歡選用他的詩，可親近性可閱讀性是重要原因，符合國民文學的性格應該也是。

詩與散文，既是文類差別，也是文體差別。法國詩人保羅．梵樂希曾有以舞蹈與散步的相對比喻，台灣詩人白萩一向重視詩藝，曾以行句的斷與連，用高山深谷比喻詩行之間的關係。但吳晟以散文寫詩，並曾對詩藝表達他的看法。學者陳建忠以「身為詩人而更是知識分子，所以吳晟的詩學風格，乃不專注於文字的煉金術，更強調對農村問題的深沉思索，吳晟是真正由台灣嘉南平原的泥土所孕育的『有機知識分子』（Organic Intellectuals，義大利葛蘭西

〔Gramsci〕語）」，說「擔任國中教師的他，立足於農民之中，而以農民的階級立場發聲，不唱高調，也不流於虛無，呈現出樸實，真誠，堅忍的農民思維。」

〈蕃藷地圖〉

阿爸從阿公粗糙的手中
就如阿公從阿祖
默默接下堅硬的鋤頭
鋤呀鋤！千鋤萬鋤
鋤上這一張蕃藷地圖
深厚的泥土中

阿爸從阿公石造的肩膀
就如阿公從阿祖
默默接下堅韌的扁擔
挑呀挑！千挑萬挑
挑起這一張蕃藷地圖
所有的悲苦和榮耀

阿爸從阿公木訥的口中
就如阿公從阿祖
默默傳下安分的告誡
說呀說！千說萬說
記錄了這一張蕃藷地圖
多難的歷史

雖然，有些人不願提起
甚至急於切斷
和這張地圖的血緣關係
孩子呀！你們莫忘記
阿爸從阿公笨重的腳印
就如阿公從阿祖
一步一步踏過來的艱苦

這是鄉土文學論戰後，一九七八年發表在《雄獅美術》雜誌的一首詩，也是吳晟的國族想像。站在風土論而不是國家論的立場，不去觸及台灣的大歷史，而以土地的家園觀描述台灣。詩行形式有他習慣的重複寫法，作為語意的加強，或踏話頭的說書說詩，有某種懇切的調性。循循善誘的口氣，引阿祖阿公，也自阿爸引向對孩子的訴說。

吳晟受余光中推崇，被引為鄉土文學的正面例子，余光中認為「等到像吳晟這樣的詩人出現，鄉土詩才有明確的面貌。」吳晟也受到主持《幼獅文藝》和《聯合副刊》編務的瘂弦提攜有加。一九七五年後，他更繼羅門之後，與管管獲第二屆中國現代詩獎，吳晟更受到與余光中有高度反差的陳映真的讚揚，可以說左右統獨的光環都照在他身上。陳建忠以「台灣現代新詩史來說，詩人的特殊性往往都必須在集團性之下才得以被強調……換句話說，如果我們只專注於由重要的新詩社群（如現代派、創世紀、藍星、笠詩社）來解釋詩風演變，當然就會不知如何定位像吳晟這般與社群互動並不特別密切的作家。」為吳晟叫屈說「他在詩史上的地位卻也並非如此穩定與明確。」其實，吳晟不加入詩社，反而突出他的位置。

吳晟是中學教師，更是農村知識分子的詩人，有農作參與的角色。吳晟的農鄉、家園書寫被認為是農民文學的一種彰顯。戰後台灣現代詩的西方化和中國化，烙印在許多詩人的作品裡，既相互對立又相互滲透，橫的移植和縱的繼承都曾經在詩史發展歷程顯示了影響，甚至從移植論走向繼承論也所在多有。詩藝是追尋詩的手段，反映在語言的思考與想像力，在詩情與詩想形塑的造型和精神。吳晟從文藝青年時代起，也多涉獵各種詩書，勤於學習，但他受到的詩學影響，在禁書時代的台灣，也有某些流傳，吳晟會用抄寫留存。記得一九六〇年代末，我曾在舊書攤購得蘇金傘的薄薄一冊詩集《地層下》，借給吳晟抄寫。我曾讀到他記述抄寫蘇金傘這本詩集的散文。吳晟對一九四〇年代中國詩的農民性、革命書寫有傾慕性，用來突破戒嚴時期台灣彌漫右翼戒嚴體制的思維，應該也是他作品裡有農民性的原因。也因此，素樸成了與他生性相似的詩作風格，對於詩藝自有他一番自我的堅持。

〈我不和你談論〉

我不和你談論詩藝
不和你談論那些糾纏不清的隱喻
請離開書房
我帶你去廣袤的田野走走
去看看遍處的幼苗
如何沉默地奮力生長

我不和你談論人生
不和你談論那些深奧玄妙的思潮
請離開書房
我帶你去廣袤的田野走走

去撫觸清涼的河水
如何沉默地灌溉田地

我不和你談論社會
不和你談論那些痛徹心肺的爭奪
請離開書房
我帶你去廣袤的田野走走
去探望一群一群的農人
如何沉默地揮汗耕作

你久居鬧熱滾滾的都城
詩藝呀！人生呀！社會呀！
已爭辯了很多
這是急於播種的春日
而你難得來鄉間
我帶你去廣袤的田野走走
去領略領略春風

如何溫柔地吹拂著大地

我帶你去廣袤的田野走走，把田野當作比談論詩藝、人生、社會更重要的事。這首詩對照楊牧的〈有人問我公理和正義的問題〉各有所思。不談論詩藝、人生、社會，其實是談詩藝、人生、社會；不談論公理和正義，卻是談公理與正義。吳晟和楊牧的詩藝極不相同，吳晟的語言素樸，楊牧講究漢字中文白話的鍛鍊，走的是雅語路線。但口語白話在白萩後期的詩裡鮮活生動，與楊牧的學院風格又不一樣。詩人的主張與實踐，有各自的追尋。較吳晟年長的楊牧，又更年長的白萩都講究詩藝，雖分列在學院書房和生活現場，各有詩情詩想追索，顯示與吳晟的反差。

長我三年的吳晟，多年前在《聯合文學》發表一輯自喻他邁入的晚年之境，對人生頗多感觸，特意影印寄給我。讀罷之後，我捎給他一封長信，信中抄錄了美國詩人佛洛斯特的一首田園詩，以及波蘭詩人辛波絲卡的〈墓誌銘〉，與他交換田園詩的心得，以及精簡之義。我的意思是，詩與散文的兩種文體，兩種文類，各有其律則，在造型和精神各有視野。對於一個已有名聲，並有作品在中學教科書被廣泛閱讀、並有國文教師傳授的詩人而言，這可能是一種不盡聽得進去的聲音。

作為一個民眾性的詩人，他的詩呼應他的散文，他的散文也呼應他的詩。進入一九九〇年代以後，台灣的民主化，吳晟不只以詩與散文書寫參與、介入了許多社會運動，特別是保護農鄉、家園的社會運動。以愚直自述的吳晟，憑一股幹勁，從一九六〇年代一路以來在文學之路追索，也建立自己的詩人位置。透過教科書，他有某種國民詩人的身分，在台灣青少年啟蒙的歷程有一定程度的影響。他在鄉土、田野發出素樸的聲音，在一支一支電線桿從城市延伸到農鄉的過去，一直到機車、汽車從農鄉行駛到城市的現在，都市化工業化和鄉村性農業性對照著發展，許多憂慮也在吳晟的詩裡顯現。從《飄搖裡》走出來的吳晟，形塑過《吾鄉印象》，形塑過《泥土》……他的詩已成為台灣城鄉變遷的某些印記。

在海洋的浪濤與島國的風土編織

——汪啟疆的詩性情懷與認同形影

台灣是一個島嶼，被海洋環抱，但海洋在台灣文學並沒有豐富的形貌。達悟族原住民作家夏曼·藍波安的小說是一個特殊例子，廖鴻基的海洋散文，汪啟疆（一九四四～）的詩歌也是。海軍中將退伍的他，軍職的經歷是他人生的某階段形影，而詩人的歷程可能更是他人生的形跡。

知道汪啟疆，應該是從林燿德與他在海軍的相遇、相知的記事。以青年詩人之姿在創作的評論，甚至編輯、出版，一九八〇年代崛起，英年早逝的林燿德，出生晚於汪啟疆，卻似乎成了走上詩人之途的將軍，在詩人人生新里程的帶路人。而汪啟疆也在林燿德離開人世後，逐漸為人所知。隨著從軍職退伍，汪啟疆在詩之路途不輟，一本又一本詩集顯示他的追尋心影。

林燿德以〈海洋姓氏〉剖析評論汪啟疆的海洋主題，收錄在他的評論集《不安海域》，他評論我的詩集《暗房》的〈鐵窗之花〉，前後接續。我對汪啟疆的作品印象來自林燿德的評論。「豐富的想像力，扎實的航海經驗，寬闊與包容的世界觀，更重要的是一顆誠摯而開放的心，這些條件綜合起來，使得汪啟疆擺脫了現代海洋詩抽象、空泛、濫情與輕浮的虛弱體質。」是林燿德對汪啟疆下的結語，三十多年後仍深刻地印在我的腦海。

與汪啟疆相識是他退伍，回到高雄左營之後。從南方的屏東、高雄，經過近十年台中短期居留，成為台北市民已五十多載的我，在島嶼南方有一群詩人朋友。回到高雄的文學活動場合常會遇見汪啟疆，我們總會談到一些詩的事情，也互相互贈了詩集，分享詩的經驗。在左營這個昔日《創世紀》出發的陣地，他雖然成為社長，但感覺不出他有倨傲之色，是一位謙和的人。

林燿德說汪啟疆是繼覃子豪的《海洋詩抄》和瘂弦《無譜之歌》系列後，經營海洋最力的詩人，比起一些詩人寫海洋都以浪漫的擬似情境入詩，是某種詩意想像，而非體驗，汪啟疆以特殊的海軍軍旅經驗，現實化了海洋場域。海洋，在汪啟疆的詩中，不只是地理性，也是歷史性的存在。地理性是某種空間的形色，而歷史性則具有時間烙印的台灣海峽兩岸不同政治體、不同國家狀態的戰爭陰影。汪啟疆在詩人和軍人的角色之間，面對海洋有其不同的情境，他的詩正是這種不同情境的觀照。

汪啟疆早期詩作仍以軍人的色彩為重，在海軍擔任戰術教官、艦長、艦隊隊長，巡弋於海洋的經歷交織，他的詩集《夢中之河》、《海洋姓氏》、《海上的狩獵季節》，甚至《人魚海岸》等，都有軍旅色彩。他也寫過一些戰鬥文學性質的詩，在詩人性的背後、或內裡有軍人性，某種體制教育與訓誡，洋溢其中，但看待其間散發的抒情觀照，他的島嶼與海洋相互輝映。

〈日出海上〉

海的胸膛蘊藏一千度灼熱
波浪覆蓋，而海鷗啄開了晨
巨大漿果待熟透爆裂
自繁葉纈絲間探出今天的臉

濤聲跳躍，是出發的心情
被風撥動……。

想像海上軍旅，艦隻巡航，日出海上的景象被捕捉在行句裡。汪啟疆說《人魚海岸》成為他二十世紀末，幾年來點點滴滴融進的美學情緒和生活理念，鄉土承諾與家庭之愛。收錄在這本詩集的〈日出海上〉，相對他許多作品，行句精簡，更能呈顯詩之核心。

海洋環抱台灣這個島嶼，但戒嚴長時期的海防禁忌，台灣人避海、拒海，環繞島嶼的海洋只是軍艦的巡弋領域和漁船的漁獲場域。台灣缺少海岸的詩人，汪啟疆相對突出一格，他的海洋性有血肉化的一面，也有抒情的溫婉。從《台灣海峽與稻穀之舞》到《疆域地址》，意味他軍旅結束跨越到平民生活之間的詩境移轉。五十六歲，選擇在二〇〇〇年台灣政黨輪替之際退役，回到高雄左營居家，是他「認識土地，以及一個自由人與之生活、思想交相編織的關係。」也是他說的「從海軍退役，直若海水凝止，日曬成鹽；鹽沒化在生活土壤，直又展開了另一隻眼睛與一切來搔觸日日不離的人世。」基督徒的他，選擇在監獄擔任志工輔導受刑人。軍旅生活、軍人性，凝鑄他的誠、實、勤、樸與忠貞。但他多了一點容納、尊重。

《台灣，用詩拍攝》是汪啟疆的新起點。海洋的詩人回到平民生活，對於他童稚時期離開中國定居的台灣，有更深刻的牽繫。他以詩的心，詩的眼拍攝台灣，不只追尋地誌詩的視野，也探索史詩的視野。

〈本土〉

我的名字，是後來者追索記憶的
稱呼；名字，叫響美麗葡萄牙語系的音節。我是
　人類夢之深處感動過的喊聲，海洋
　向土壤和山岳所發出的。
我思想過貿易風在溪河上的定位
我思想過移民群於風景內的滄桑
我思想過一批驅離一批皆都融化在我土壤內的

械鬥過程。以旅鳥來記錄遷徙
以世代來分挑季節
以占領來肯定藩籬的
是退潮後凝在海灘間的鹽嗎？
是名字婚嫁前後的籍貫嗎？

（略一節八行）

我的名字，如果是代表一種語系和聲音
那是屬於稻米與河川的島國。如果代表翅膀
那是　起飛、落降、窩巢、歸屬的
搧揚、嘎叫、孵棲，而在遠方的消逝……。如果
　我是壯闊日出，海的聚焦點，我就是
不可丈量的開闊；本土展示著
一列列資訊電腦螢幕加工，沒有範疇的
水田，和波濤。

〈本土〉的行句原在〈FORMOSA〉已出現，收錄在《台灣海峽與稻穀之舞》。在《台

灣，用詩拍攝》這本詩集用了新詩題，而且內容也重新發展。「FORMOSA」是葡萄牙水手讚嘆台灣的用語，而〈本土〉則是立基於台灣這塊土地的人們自我之述。相隔約四年，汪啟疆的在地者身分更為明確，一些戰後移入者常在流亡群落和在地化之間徬徨，似乎與本土無緣，汪啟疆的認同克服了障礙。本土，在像汪啟疆這樣的戰後移入者，以及海軍將領身分詩人作品裡具有認同與歸屬的身分選擇。相對於海洋的流動、漂泊，他更以樹的形象展現扎根的意味。

〈樹〉

我在雨中的兄弟姊妹們
各撐脊樑守住腳椿的土地
枝椏把雨裡的心跳匯合一起
　雨停了，各在各不挪移的位置上
粗根互持在泥水裡連成一片
彼此的溫柔以落葉來表述
我在風中的姊妹兄弟們

讀汪啟疆的〈樹〉讓我想到白萩的〈樹〉，白萩以樹喻自己的認同位置，有與土地同生、共死的悲壯表述；汪啟疆的〈樹〉，以之喻生活在這塊土地的人們共相。兄弟姊妹各撐脊樑守住腳樁的土地，呈現的另一種共同體形貌。白萩突顯個人性，汪啟疆表述共同性，都令人動容。這首詩簡短，意義飽滿，形象鮮明，與他許多較長詩篇相較，各異旨趣。

海洋的詩人有許多海洋的詩，或海象的描述或海戰的思維，或從海洋看島嶼土地的景致。相對於從海洋看島嶼，他也從島嶼看海洋，看這塊土地，看生態……澳底、鼻頭角、無名港、龍洞、三貂角、蚵仔寮、旗津、中洲、琉球嶼、東港、枋寮，盡收眼底和詩篇。

〈燈塔〉

你就在風的靈魂裡
風吹過滿聚海浪的地方
學習對時間凝守

起伏的遠方仍是起伏
雲朵凝止不受吹盪
自盡頭，往遠處
每一個心跳、你都在聽
心跳海潮的頻律……也都明白
遠近、記憶與眼見的開闊

不離不棄守住岸岬
波濤迴漾天空土地之際
以長風與光韻環繞所有
呼喚交遞的夜晝對照
每艘船來去

來去的航向、靈魂
就這樣看著你的身體

卸下軍職的汪啟疆，詩裡交織著海洋和島嶼，在浪濤與地景中醞釀詩情。燈塔與樹：燈塔向四方以燈光標示位置，對航行的船隻指引方向；而樹以扎根土地之貌喻示認同守護。對照比〈樹〉和〈燈塔〉更早的〈台灣〉，相對於原為〈FORMOSA〉或另以〈本土〉書寫的作品，〈台灣〉顯示的是他軍旅留下來的海洋與島嶼的經驗和想像：

〈台灣Ⅰ〉

展開海圖定位

（單薄海圖聯想到戈壁灘
所淹沒旅者骨骸的沙浪……）

擔任值更官駛過台灣灘
往南沙運補戍守的太平島
定位發現：整個海真的不肯
安靜作一面鏡子。台灣灘，我體認
現實遠大於對一個名字隸屬的嚮往

翻騰著，念及台灣灘和台灣……
船脊和全體官兵經不住翻騰
天空滿是疊蓋的魚鱗雲

台灣，在汪啟疆的詩裡，被以各種不同的角度探索和描繪。這曾是他軍旅生活的經驗，也是他回歸一般生活者的思考。他的海洋詩不是覃子豪的浪漫抒情，是一件觀念性情懷，比瘂弦的海軍軍官卻是政戰官的心境更具現實化，在戰後台灣史有獨特的一面。

從軍人到詩人，兼具軍人與詩人身分的汪啟疆，以詩記述他的人生。他觸角很廣，兼及各種面向，既有簡潔的短章，也有行句較多的敘述篇章。形式的實驗也頗多嘗試。《季節》這本詩集裡的〈鄉間〉，以每行十四字，二十行的整齊形式，呈現鄉間草木蔬果鳥禽昆蟲……譜成的書簡，從「親愛的薇薇安桃杏梨邀宴日來到」以至「田疇儘夠再等來甘蔗芭樂紅龍果」，顯現了巧思，也顯現了台灣的動植物交織風景，鄉野情趣以詩之書簡傳遞。集中的〈短句〉，以一至三十六行，從春茶到桔梗花的羅列，也有輕盈的一面。〈夏夜最後玫瑰〉以SOS引述的行句也是。

他在詩集《風濤之心．台灣海峽》的後記〈曬海作鹽，舔鹽為詩〉，說他「這本詩集，鹹而滯重」，說他「曾是海洋人，而又是基督徒軍人。以軍人的目光凝視海洋，就成了：經歷、前瞻和盼望，滲透著責任信仰和群體的態度。」但，又說「離開大海，似乎更懂得『鹽』……而是太陽凝結海水，鹹澀中的熾烈、環境內的霜晶，生活分泌的固態形狀。」詩集各輯，引註了《聖經》的章節，作為心意的加持。

翻閱他〈夜讀海戰史〉，就像翻閱他人生的形跡，翻閱他海軍生涯經歷的行程。

所有燈、看不清楚
舷窗用遮光罩遮住了
部分，窗外夜的部分

星光被遮住的部分
逐漸找到了我的手
我的腳，手腳該擱放的位置
翻撥身軀探找那被大海藏起
的鑰匙……開啟歷史記事

歷史只帶頭顱
身體卻未能回來
也怕身體回家
頭顱還淹在血裡
不在乎生死，燈被遮擋
夜鏽蝕了，使力也推不開

他是軍人，深知戰爭的悲劇；他童稚時期隨父親在一九四九年流亡來台，在台灣成長，視左營為居家，也在台灣建立新認同。雖不免有故土的鄉愁，但努力在新故鄉生活；他「找那被大海藏起／的鑰匙／開啟歷史記事」，以「歷史只帶頭顱／身體卻未能回來」的體悟，認知戰爭。在「夜鏽蝕了，使力也推不開」的感知中，咀嚼歷史。日本詩人田村隆一說，詩人、軍人、醫生就知曉人生的悲慘，有些有軍人身分的詩人為國策寫戰鬥詩歌，汪啟疆的詩也觸及戰爭，但觸及心境而不是誇耀的戰鬥性。

汪啟疆的詩觸角極廣，大約是因為他作品多的緣故。犀牛、狼、貓、狗、蚊、豬、魚、蚌、蚵、蟹、蝸牛、蜉蝣、灰面鷲、白頭翁、錦雞等動物，也在他捕捉的詩行，與鵝掌木、山芙蓉、梔子花、玫瑰、牽牛花、絲瓜藤等植物花草並列。人、事、物、情、景，無一不能入詩。他的題材廣，主題的觀照，無非生命情境，有一種探看人間事象的豁然開朗情懷。從海上軍旅生涯到卸下軍職回到陸地生活，場域的轉換，心境更為豁達，他用詩擁抱生活中觸及的事物、景致，流露他信仰裡的美善心。

但他不是出世的詩人，一九七〇年代台灣本土化運動的現實觀照，讓一些仍在流亡情境漂離的詩人借鏡中國古典詩歌情境裡的純粹經驗，與汪啟疆是無緣的。生活在台灣的他，不只與環繞在這個島嶼的海洋，更與這個島嶼的土地相互牽繫，他在樹群裡像一棵樹，而非蒲公英。不但扎根，他也介入歷史的省思，顯示了政治關懷。

〈二二八〉
・黑夜墓地
有無辜者死亡
但我不是無辜者。

站入噩夢裡
也從未失蹤。
（略四行）
黑夜墓地，夢站立，疲憊之極
走動，在歷史的白色卷軸。

・照片
懸掛全家照片
突然想
那最高釘子落點的　位置
要死亡才發現不捨有多重
所拍攝的　　竟是最大深慟。

・祈禱文
給歷史以省思和眼淚
給時間以警惕和新生，給
人性以無隔止的愛與和平吧。

那些人已用生命的饒恕、顯現
家園欠缺的公義，用生命期盼
（略二行）

給執政者一顆平民的心
（略四行）
記憶失蹤的您，草所覆蓋的腳步。

留下美麗露珠映現的晨光吧
主耶穌從十字架上說出了祈禱
父啊！赦免他們；因為他們所做
他們曉得了。

一九四九年仍童稚時，才來到台灣，發生於一九四七年的二二八事件，是早於他在台灣生涯的事。但一九八七年的二二八的公義和平運動，汪啟疆不能充耳不聞，視而不見。早於他的商禽，是跨越海峽詩人中少見的在作品〈音速——悼王迎先〉、〈木棉花——悼陳文成〉，對統治權力有所控訴，對政治受難者有關懷的例子。汪啟疆的觸及層面更大，他以三首詩作譜二二八。以一個基督徒觀點，他以祈禱文追敘黑夜墓地的形影和深慟家族照片，留下讚美詩一般的撫慰之聲。歷史不能忘記，可以寬恕。信仰讓汪啟疆選擇和生活在台灣這塊土地的人們一起承擔共同的歷史。

用詩拍攝台灣，用心拍攝台灣的詩人汪啟疆，在海洋的浪濤與島國的風土編織他詩的行句。他在海的領域也在島的土地耕耘。兼具軍人魂與詩人心的他，既是上帝的子民也是台灣的子民。他曾漂泊海面，如今安置於土地之上。他在〈父親〉這首詩的行句：「他以眷村的戶籍終結所有不曾敘述的／大陸巷道門牌／為後裔們在台灣落地生根。」表明自己的心跡以及家世在台灣的生根繁衍。

只在一些高雄的藝文活動場合和汪啟疆有短暫交談，但他詩集扉頁留下的字句讓我感知他的詩人情懷。他不只留下許多海洋詩，也在詩裡留下台灣的土地形影。我曾抄錄一首智利詩人聶魯達的詩〈海〉送給他。海的視野廣邈又深奧，台灣的詩人們普遍缺少海洋視野，受限於長戒嚴統治的封閉思維，不能以台灣本土延伸海洋。在太平洋另一岸，智利詩人的行句，海的詩性風景，有許多值得鑑照的視野，以之和汪啟疆共勉。

〈海〉聶魯達（智利）　作

太平洋溢流著地圖上的許多國境。沒有

裝填它的場所。它那麼大，狂野而鬱藍
以致不能安置在任何地方。這就是它留在
我窗前的原因。
人本主義者們憂鬱渺小的人們而年復
一年凝視。
他們不能盤算。
不只是大帆船，裝載肉桂和胡椒在翻覆時
使它芳香。
不。
不只是探險隊的船隻——脆弱地像搖籃
衝撞成碎片掉落深海裡——船的龍骨覆蓋著
死去的人們。
不。
在這海洋，一個人像一灘鹽般溶解，
而海水並無所急。

——李敏勇譯

在夢與現實漂流的浪漫情與孤獨心

——以詩為自己療傷並成為生之註記的拾虹

初識拾虹（一九四五～二〇〇八）時，我們都還是學生。南投竹山人的他，本名曾清吉，後又改名曾定宇，不像我們以本名發表詩作。在台北科大前身的台北工專讀化工，算是非馬、李魁賢的學弟。陳明台在台北的中國文化大學念歷史，鄭烱明在台中的中山醫學院讀醫科，我在台中的中興大學修習歷史，因為都加入《笠》為同仁，同屬一九四〇世代的我們四位，情意相投，常互相切磋詩藝，從一九六〇年代末到一九七〇年代，進入一九八〇年代，交往甚密，被稱為四季的詩人。拾虹是春，鄭烱明是夏，我是秋，陳明台是冬。春喻有浪漫多情的心，夏則說凝視現實，秋意味著詩的寂寥沉靜，冬意味著孤寂冷然漂流感。四個人個性不盡相同，卻是莫逆之交，從文學青年時代建立的情誼歷久不斷。

從台北工專畢業後，拾虹進入在基隆的台灣造船公司擔任塗裝工程師，成為船體油漆的專家，他的職場在港口、海邊。這樣的場域後來成為他的個人詩風景，就如同錦連被視為鐵道詩人，作品中顯現極多鐵道有關的意象一樣，拾虹的詩作中港口、海、船交織的風景也意涵著他的人生況味和現實視野。汪啟疆以海軍軍官、將官巡弋海洋，留下許多與海洋有關的詩篇；拾虹則以造船廠工程師身分，也在作品中呈顯海洋、船隻、港口有關情境。詩與生活相關，其理至明。

其實，拾虹的詩開始在我腦海留下印象的是〈寄給戰場〉，那時我也剛發表了〈遺物〉，是以女性、戰爭未亡人的視角書寫的一首詩，常被以閨怨詩、反戰詩評介。拾虹的這一首詩以女性發言者對在戰場的男人訴說。

〈寄給戰場〉

把一滴相思的眼淚痛苦地逼出
成為一顆堅實的子彈
此際遠方的你　舉槍瞄準
是臥姿或跪姿呢

是否你持槍的姿態正像
擁抱我一樣
何以你一瞄準
我的胸口就隱隱作痛

扣下扳機吧

啊　親愛的
即使我灰白地躺下
遙遠的你也要持槍回來

〈遺物〉是女性未亡人從丈夫的遺物手絹的感懷泣訴；〈寄給戰場〉則是女人對在戰場的男人的思懷。是不是服役讓我們不約而同都有這種以戰場、戰爭的視野進行的思考？我這麼想，而以女對男的思考情境放在戰場與戰爭的場域，約略都帶有反戰的意味，也洋溢著男女的情念。

拾虹的詩充滿男女情愫。他早期的一首詩〈拾虹〉，以自己的筆名為詩題，大膽地描述激烈的性愛，與〈寄給戰場〉相對照，充滿興味。這首詩，十分大膽。

〈拾虹〉

我不是純潔的人
這個世界只有妳知道
所以　妳也不是純潔的人
不純潔的情感才是

深不可測的愛
才能透過我們裸露的心胸
到達上帝那邊

讓我們激烈地活著吧
只有妳活著
俯在妳的胸膛才能聽見
孩子在肚子裡呼喚我的聲音
啊　現在她急促地叫喚我
拾虹
拾虹

這首性愛詩雖以性愛不純潔來形容彼此，卻連帶到愛，連帶到上帝，以激烈地活著描述男與女的性愛場面。詩的結尾簡直是神來之筆，令人莞爾。拾虹就是以這樣的觸角讓人見識到他浪漫的心性，說是春的詩人，浪漫之春的確成為他的標記。

隨之，船的意象開始出現在他的作品裡，他的第一本詩集是《拾虹》，取自自己的筆名。後來就是以《船》為名的詩集，反映的是他在造船廠擔任塗裝工程師，工作時間與船相伴、為伍的生活況味。他的詩人生涯只留下《拾虹》、《船》，以及逝世後由國立台灣文學館出版的《拾虹集》，但有許多值得一讀再讀的作品。

〈甲板〉、〈船〉、〈桅竿〉、〈星期日〉，都與他職場生活有關。這些詩不只是海洋與船相關意象，也和台灣的處境、際遇有關，喻示了現實的課題。

〈船〉

甲板上
賣力地站起來的
是一支尚未升上旗幟的旗竿
陽光把瘦長的影子拉成
遊絲般的水平線飄流而去
我們開始拖著陸地緩緩移動

什麼樣的國度升上什麼樣的旗幟
拖著陸地
我們移動了數千年
為了在地圖上尋回失去的名字

酸痛的脊椎骨接連著水平線
逐漸生鏽而腐蝕
使盡了力氣呼喊
仍然只有失望地看著陸地漸漸遠去
水平線斷了以後
我們開始在漫漫的黑夜裡
孤獨地航行

船就如同台灣，這首詩的漂流感和孤獨兼具了個人和群體的命運感覺。國度和旗幟在船上升起，意味著一個國家在海域移動，但是台灣呢？我們的身世究竟為何？這種歷史感與現實政治交織的迷惘困境，彷彿是拾虹觀照到的認同困境，一種identity的省思，船載著國旗——一種國家身分的識別，但航行於海洋畢竟仍是漂流的，拾虹在自己職場體驗的漂流感和台灣的國家處境以及歷史感交織在一起。船既是船，也是台灣的隱喻。

站在小小的土地上
伸長著脖子眺望

遙遠的故鄉
我們是依賴著做夢而活下去的人
——〈桅竿〉

堅硬的土地上
讓我們緊緊擁抱著
螺絲釘一般旋轉著沉陷下去
在暗黑無空的虛無中偶然的生根吧
沒有一句語言也要向上伸出我們的胚芽
——〈甲板〉

〈桅竿〉和〈甲板〉，一是船上矗立的高竿，喻示眺望。航行的船隻離岸後，故鄉愈來愈遙遠，而甲板也只是小小的土地，喻示侷促空間。而船的甲板也是漂流在外的空間，以男女的性愛，作為在侷促空間的連帶，生根則有孕育而生的意思，與向上伸出我們的胚芽相對照。這兩首詩的空間性已不只是船的空間，也意味著從故鄉來到異地生活，是他從南投竹山到基隆的人生情境，漂流感、在孤獨中尋求肉體的連帶，拾虹的詩常流露這種況味。

〈星期日〉則是一首與林亨泰〈風景No.2〉類似，但以時間性異於空間性的詩。造船廠的工作時間，在一九七〇年代，和一般職場一樣是星期一到星期六，不像現在周休二日。重複著星期一到星期六，六天的「駛來的是什麼樣的一條船呢」，有一種日復一日的工作規律以及日常的感覺。最後一節，「啊　遠遠而來的是什麼樣的一條船呢」是沒有提及的星期天的發問。即在星期日的休息時間，也有職場工作的省悟性追問。時間性的〈星期日〉與林亨泰空間性的〈風景No.2〉相異其趣。以一個造船廠工程師，拾虹從職場發想出日常性詩情，也發想出與家國關聯的詩想。一九二〇世代詩人錦連的鐵道詩，大多以人生情境的視野為重，拾虹的造船廠體驗更多了家國的情境。

四季的拾虹、鄭烱明、我、陳明台，四人之中，我與鄭烱明參與較多公共事務，拾虹與陳明台較少涉及公共事務。拾虹與陳明台個性較近，較多個人性，較少社會性。但拾虹的詩也有社會關懷，一九七〇年代末到一九八〇年代，台灣社會衝破戒嚴統治網羅的各種運動，顯現在示威遊行、抗爭，拾虹的〈自由〉，觸及了人權解放課題。

〈自由〉

一顆星光
整座山就燃燒起來

火勢猛烈
我們一面鼓掌
一面歡騰
直到一座山
成了灰燼

這種自由的想像是一種對於現象的素描，以星火燃燒一座山的比喻，是詩意的想像。作為旁觀者而非參與者，鼓掌和歡騰，但把山燒成灰燼，也只意味著狀況。經由一顆星，亦即星火，星星之火燎原。他觀照群眾運動，對之以自由為題為喻，流露的也是觀照之心。

一九八〇年代初，拾虹有一些對於社會運動以及政治的觀察，顯示他並不只是在個人的存在處境述說，也有某種介入的情懷。

〈探照燈〉

探照燈非常的明亮
它照在
這個世界最黑暗的地方

暴露出被鞭笞過的傷痕

燈光迅速地移動著
從小小的窗口
可以看見
遠處
教堂上的十字架
閃爍的亮光

我們不會失蹤
因為在禁錮的牢房四周
探照燈不斷地
尋找自由

這是一首觸及監獄，觸及政治犯的詩。以夜晚巡搜監獄的探照燈，描述了黑暗的地方，被鞭笞的傷痕；探照燈和教堂十字架閃爍的燈光互映，有一種信仰的拯救感覺。「我們」是以政治犯為主體的發言，反過來以探照燈在尋找自由反喻了它其實是在巡搜，在防備，在壓制的狀況，而有一種力量，一種追求自由的力量。〈蝴蝶〉則是在解嚴後才寫的詩。

〈蝴蝶〉

一隻蝴蝶
從遠方回來
從彼岸
飛越過太平洋海峽
飛越過「悲情城市」
隨著「黃昏的故鄉」回來

一隻蝴蝶
停佇在廣場上
在鎮暴車經過時
驚慌地飛了起來
飛越過鎮暴部隊的盾牌
飛越過示威群眾的隊伍

一個人正點火燃燒自己
冒起的黑煙
飛上天空

天空出現好多隻蝴蝶
像好多問號？？？？
啊　是誰把那麼多結打在空中
讓愈飛愈高的天空
充滿著鄉愁的悲情

以蝴蝶在群眾運動現場的象徵性形影，拾虹這首詩，書寫的是一九八九年鄭南榕為自由殉道後的一場遊行，詩裡的「一個人正點火燃燒自己」是描繪詹益樺在總統府廣場前引火自焚的場景。而《悲情城市》既是一部描述二二八事件的電影，〈黃昏的故鄉〉是被戒嚴時代政府黑名單拒絕在以美國為主的外國的政治異議分子習慣吟唱的一首台灣歌謠。描述一場群眾運動，場景中有自焚的場面，有黑名單問題……一隻蝴蝶，好多隻蝴蝶，拾虹巧妙地透過某種視野，呈現社會運動意象。

從南投竹山來台北就讀台北工專化工科，畢業後服役完，進入基隆的造船廠擔任工程師，拾虹也有他從鄉間到都會的生活感觸，都市的相對匿名性和孤立，工廠生活的零細化，對感性洋溢而且浪漫情懷充滿的他，應該存在著違和感，這也是生活的現實，是人們必須面對的現實。他寫夫妻問題，他也寫底層市民的生活困頓。

〈**磅秤**〉

妻子是最好的磅秤
每一次丈夫出差回來
就迫不及待地
秤量著他的體重
怎麼又消瘦了

為了秤量丈夫的體重
在家裡不自覺地
妻子的體重也增加了

一直消瘦的他
一直增加重量的她

是磅秤的彈簧失去彈性的原因
是夫妻失去平衡的理由

寫夫妻問題的這首詩，有些幽默感。觸及生活的現實，似乎也意味著婚姻生活的苦惱，拾虹不只寫自己，他也幽默地寫他人。

〈**鐵路邊**〉

我們已經習慣地
在火車經過的時候醒來
做愛

鐵路電氣化了
速度增加了
噪音也提高了

呼嘯而去的聲音
仍然像以前一樣

兩個恰恰好
兩個恰恰好

「兩個恰恰好」是有一段時期台灣衛生當局推廣家庭計畫，以一家生兩個孩子作為節育目標的口號，讀起來像火車經過的聲音。以住在火車軌道旁的「我們」，敘述了習慣的做愛緣由，一種莫名的緣由，隱約也暗示了底層市民與家庭計畫目標相背的多兒多女，以及其原因。自我調侃，幽默地喻示了社會現象。

拾虹對於詩有他自己的執著，他專注於詩，除了學生時代偶爾也在報紙副刊發表散文，畢業就業以後，就只有寫詩，而且，他的詩幾乎都發表在《笠》。除了「四季」的我們四人，他和趙天儀、李魁賢兩位兄長輩也有些互動，再就是陳鴻森和郭成義兩位。相形之下，在詩壇的名聲並不顯著，儘管有許多《笠》的同仁喜歡、欣賞他的詩，但一些選本很少收錄他的作品。有人說他是隱性的詩人，有些人說他純粹，就是詩。他在一九七〇年代、一九八〇年代，留下一些感人的詩篇。

拾虹從基隆的台船塗裝工廠退休，應一些民營油漆公司之聘貢獻其專業，後來並在中國廣州的造船廠投資塗料工事，卻於一場意外墜落船塢，結束了他漂浪的一生。我還以他的詩與肖像為他設計告別之訃聞，這位活躍於一九七〇年代、一九八〇年代的戰後世代詩人，從此不再偶爾從基隆來到台北，走經我家，在樓下按門鈴，或有時帶著酒意捎來電話，「傅敏啊！……」他稱呼我年輕時代筆名的聲音，彷彿一種密碼，交織著他和我人生中的一些詩情，他的一首〈詩〉訴說著他的心意，訴說著他為什麼寫，寫什麼的心。

〈詩〉

一顆石子
激起的浪花
不斷地擴散成圈圈的渦紋
小小的魚兒
依然堅持著它們的信仰
溯游而上

一隻蝴蝶
繽紛的影子投影在水裡
忘我地追逐著
自己綺麗的影子
飛舞在水面

比水更清澈的是語言
比水更汙濁的是語言

散落的油汙
浮在水面隨風飄動
語語的碎片
在夕陽下閃閃亮

謳歌人間，守護家園，為國族造像
——曾貴海的生命情懷與社會誌

曾貴海（一九四六～）是我未曾在高中校園謀面的學長，我們的情誼開始時，他已是高雄醫學院即將畢業的準醫生，而我則重拾大學學業修習歷史。記得在《笠》發表作品的我們兩人，暑假相約在高雄火車站，相互勉勵詩寫作的往事，已是半世紀以前了，他與江自得都是阿米巴詩社成員，自一九六〇年代中後就在醫生與詩人之途極有默契的同學、詩友。他外放，江自得內向，一路以來是精神的搭檔。雖然踏上醫生這一行業，都在一段時間專注於醫生專業的養成，一九七〇年代到一九八〇年代，大約十五年時間淡出寫作，但不約而同都在一九八二年歸隊。兩人都是胸腔內科醫生，都曾在台北榮總服務，都去過日本研修。後來，曾貴海回到高雄的公立醫院任職，現在仍為開業醫生；而江自得回到台中榮總一段時間，提早退休，但仍指導醫學生，並短暫在民間醫院駐診。一九九〇年代以後，曾貴海和江自得真正展開詩人志業，著作不斷，詩集不停出版。

早期以本名及「林閃」筆名發表作品的曾貴海，其實詩行是抒情的戀歌，也有現代的思維，但畢竟是文藝青年的練習曲。一九七九年，他到日本東京的國立癌症中心研習，留下一首〈青森的家〉，寫的是他行醫的岳父，是從女婿的視點觀照移民情境。日本意象（兒時夢中和現實）、醫生意象（白制服，生老病死），延伸到漂流現象、空虛感（蓄薯葉及蔥的空心莖），已經從青春練習曲走向人生的實感。

〈青森的家〉

搬來搬去的，終於來到這兒
兒時夢中的紅蘋果
青森縣
家的門牌寫著
松井先生的名字

診療室的牆壁
掛著四十年來換換洗洗換換的白制服
毫無兩樣的生老病死

寧靜的家園
種了一些異國的花卉
再後面那圍地，都是些

蕃薯葉及蔥的空心莖

戰後，台灣有許多醫生移民日本，某種政治因素使然。老一輩醫生移民大多戰前畢業於日本的醫科；年輕一輩則是留學日本習醫而留在日本。松井是移民歸化的新姓氏。從搬來搬去的不安頓到定居青森縣，以紅蘋果與地方特色相互對映。診療室、白制服、生老病死是醫生這一行業的象徵。末了的蕃薯葉及蔥顯示家鄉台灣的連帶，但種在異國花卉後面的園地，而且蔥是空心莖，意味著某種空虛。有形有色，有意有象，〈青森的家〉巧妙地呈顯移民醫生的情境，人在異國他鄉，也改了姓氏以移民者在地化，但種了家鄉的植栽，意味著象徵性連帶，曾貴海冷靜地抒寫他的觀照，他也有在高雄行醫留下的動人篇章。這首詩及後來在高雄開業行醫時的，也有一些以醫生這一行業留下的動人的詩。

〈某病人〉

剛被診斷出來
依約到達的那個肺癌病人
山東籍的教師
（略二行）
黑板上寫了三十多年的粉筆字

暗示他
家在哪裡
太太怎麼沒有來
朋友呢
他只是沉默的搖搖頭
漸漸地垂了頭
突然，一顆淚水嗤的滴在
台灣的地圖上
蔓延

一個台灣的胸腔內科醫生，一位山東籍教師，因為寫粉筆書而得了肺癌，沒有家人，也沒有朋友陪伴就醫，家在哪裡也沒有明示，也許是病情影響。詩的末了，淚水滴在台灣的地圖上，意味的是與台灣的關聯。但以診療室醫生的診桌上地點喻示，巧妙地擴大了意味。整首詩是醫生對病人的描述，但描述的不只是病，還有病人的流離現象，帶有雙重的同情。

〈鎖匙〉

不知道哪個病人

匆匆忙把藥拿走
卻留給我
一串鎖匙

翻看著它
像是外科醫生手中的斷肢吧

失去了枷鎖
能夠在這水泥木板和鋼鐵的城市
活下去嗎？

休診後
把它掛在鐵柵門外
或許
他正奔馳在秋末冷清無聲的街道
追尋

門
等著他

說病人，但並非談病，而是說病人未帶走的鎖匙，沒有鎖匙，等著他的門就打不開，門，甚至鐵柵。台灣一般家屋普遍的設施，詩裡以斷肢視之的鎖匙也是枷鎖，卻是必要的，沒有它，無法活在水泥木板和鋼鐵的城市。這不只是病人也是醫生共同的現實，把鎖匙掛在診所的鐵柵門外，醫生休診回家了，在秋末無聲的街道追尋的他，也許會回來取走。他或許正在追尋遺落的生活之key，生活裡的牽絆豈止是病，也在一些細節裡。

曾貴海與江自得在詩裡的醫生視野不同：江自得從聽診器的那端診斷台灣，曾貴海不是從病理而是從醫生的視點，從生活中觀照人生和社會；江自得醫生相關的詩多，曾貴海只有一些相關作品，卻留下他詩的一些原型。他的第一本詩集《鯨魚的祭典》留有這些印記，但很快地即進入以高雄的生活場域為主題的書寫，〈風聲〉、〈高雄〉、〈愛河〉、〈公園〉都是，基本以之為詩集《高雄》；另外就是自然生態保育的關注，《鯨魚的祭典》與《高雄詩抄》即是。他書寫的高雄，有愛有批評，流露一種市民意識，也是市民權的展現，與他後來積極投入在一般國家以市民運動為名，在台灣的社會運動。

路過一個那樣的城市
沿途的人們

正在割裂毛玻璃
聆聽破碎的聲音
（略一節，五行）
一心二聖四維七賢八德（註）
虛構的理想國
嚴密的禮教網
貼滿女性器物的標幟
引逗
被堵塞了的男性體液
噴向夜晚的缺口
（略四節十九行）
路過一個那樣的城市
沿途的人們
用自私的刀刃相互凌遲
腐朽的垃圾和落塵
敗壞的果子的內部
將逐漸掩埋那裡

——〈高雄〉

＊註：高雄市的路名

他的批評來自他的在地意識，一種基於生活於斯的感情；也來自他的文化情懷。雖然高雄並非孩時的故鄉，卻是兒女的成長之地，也是自己生活之域。〈風箏〉寫帶著孩子到紀念堂玩，說「爬得愈高／才能更清楚地看見／童年遙遠的故鄉啊」；〈捉迷藏〉在公園與孩子們遊戲，想到「在這城市封閉的公寓／地下室／……」、「你們真的能躲得掉嗎」，指的是汙染的空氣、噪音、陰溼的文化、竊盜的暴力；〈煙囪的自由〉反諷「居民們日夜不停的望天／怒視／汙塵蔽日的高雄／最最自由的煙火」；〈高雄人〉以「心臟旁邊的口袋／總是少插了一朵花」自我批評文化性。

《鯨魚的祭典》裡的作品，更從地圖反思，擴大到自然生態保育課題，也從電視新聞看到某個國家海灘成群鯨魚集體擱淺自殺，有感而發。在〈鯨魚的祭典〉寫下這樣的行句：

（略一節六行）
初陽浮雕出牠們巨大的形體
春風自遠處吹過
心驚的人類

目觸集體的自棄
遙望那遼闊幽深的海洋
那忽而平靜忽而呼嘯的海洋
靈魂不知歸向何處
（略一節六行）

曾貴海一九九〇年代初，在高雄積極參與自然生態保育相關運動，出任衛武營公園促進會會長、保護高屏溪綠色聯盟會長、高雄綠色協會會長，甚至有南台灣綠色教父之稱。也因這樣的社會介入，曾貴海的第三本詩集《台灣男人的心事》隨第二本詩集《高雄詩抄》十多年後才出版。他的〈向平埔祖先道歉〉，追尋平埔原住民的道祖，「嗅尋某些河洛客家代」，在九節五十行中，從阿立祖的祖靈連繫失落的子孫，想像昔日多情的青年「手持鮮花柳葉／吹鼻簫彈口琴」，從春天的刺桐花想像平埔族命運的血花在枝頭暗泣，他呼喚台灣「有些人必須站出來／向共同的祖先道歉」，「再生的新台灣人」打破刻板的炎黃子孫論，曾貴海尋求原生台灣人觀點。這種尋根認同的歷史反思是他為台灣國族重新造像的文化觀照。

二〇〇四年到二〇〇五年，以五百行完成的〈神祖與土地的頌歌〉三部曲：〈一、搖撼阿里山的Mayasvi〉、〈二、高山閃靈的Pasibutbut〉、〈三、南方山岳子民的Maleveq〉三輯，交織鄒族戰祭、布農族八部合音、排灣族五年祭，不同原住民的祭典風景。從輯一的「鯨魚的身形活力擺動尾鰭／台灣正捲起高聳的潔白浪花／躍動在南太平洋海域」，再以輯二的「住在雲層中的民族／中央山脈峰群的高山精靈／害羞又內向的族性／不喜歡狂歌載舞／卻是原住民口中擁有法術的獵人／森林風聲中閃動的影子」，到輯三「讓我們從冬日的地球俯視東方海洋／北半球的氣流鼓動千萬頃波濤／帶動洶湧的黑潮漩渦／流向優美宛如翡翠魔戒的南台灣／中央山脈從這裡隱入大地／天空隆起南北大武山」。曾貴海謳歌原住民，也謳歌台灣，歷史的地理的精神的肉體的形體互動交會，有戴安尼息斯的酒神般狂熱酩酊，也有阿波羅的太陽神般氣韻豪情。曾貴海把自己融入原住民，擬似原住民。他不只追溯平埔族祖先，也兼及台灣原住民血脈。

一九九〇年代的曾貴海，幾乎與共同為醫生詩人、他醫學院校友江自得在詩之路途競技鬥豔，也都在敘事性長詩追索。相對於江自得的冷靜，追求優美；曾貴海熱情奔放，展現的是激情。

拍撫著島嶼輕唱著搖籃曲
地球史上最年幼的新生天地
Ilha Formosa！台灣！
南島語族遠視的故鄉
翻騰在巨波駭浪中

綿延三百多公里的起伏地貌
二百多座三千公尺高山密佈島腹
十一個稀有的古文明群
隱身在四千多種生命眾生的森林家鄉

——〈一、搖撼阿里山的Mayasvi〉

曾經以獵取敵首為光榮的族風
用來象徵最崇高勇猛戰士傳統已遠去
每年初冬或早春
當布農的獵人團隊追殺獵物時
長者們會告誡所有的勇士
讓山上的動物得以繁衍在山腰幽谷

——〈二、高山閃靈的Pasibutbut〉

每到夜晚，部落的角落幽幽的響起
鼻笛忽起忽落的哀怨
妳聽到了那顆流淚的心嗎？

妳聽到了埋藏許多的情意嗎？
妳聽到終生不變的慕戀嗎？
一遍又一遍的傾訴青春晤語的旋律
直到淚水沾滿鼻笛和臉頰
直到山谷的夜晚無法承受憂傷的沉失

——〈三、南方山岳子民的Maleveq〉

這種大敘述把島嶼的自然和原住民交織在一起。曾貴海的自然保育運動連帶這種珍重台灣原生性的本質，而他的社會運動參與投入則帶有文化秉性，亦即對意義的形式和儀式的守護。他的詩因此而成為某種慷慨激昂的戰歌，卻又是內涵著細膩溫柔的情歌。對曾貴海而言，台灣是「浪濤上的島國」，這也是他的一本詩集名稱。他為這個島國魂牽夢繫，既觀照浪花景鏡，也相互問答。以「我與妳」或「我與你」相互指涉滲透的深情或追問，更有「他」、「你們」、「您」以及「祢」的天地牽繫，國族的焦慮流露在詩行的記事與吟詠，明知詩人「無法改變什麼」卻又不斷書寫。

平埔福佬客家人的曾貴海，重視的是國族、重視的是國家。他不像一些族群論者局限在自我認同的領域，而以近現代國民意識憧憬台灣成為一個國家，在〈我們真的需要一個國家〉，他以「我們真的需要一個珍愛的國家／在這個孤獨冷默的星球」為四十五行詩作了結語，他向生活在這個尚未真正建立正常國家的人民傾訴，也向宇宙報告。

〈**報告宇宙**〉

報告宇宙
我們屬人
二千多萬地球物種之一
生命演進中最巧妙的形式
（略六節，四十三行）
報告者：台灣人
不屬於地球的國際組織聯合國
不是對抗西方帝國主義的第三世界成員
亞洲大陸的私生棄兒
備受亞洲邪惡帝國的恐嚇壓迫
正在尋求自由解放
如果宇宙有上帝
祈望上帝的垂愛和憐憫

豈止戰歌或情歌，簡直是祈禱文了。慷慨激昂的心意不盡容納於簡單的詩行，曾貴海的詩的論述心境反映在他的漫歌般行句，在抒情與敘事之間交織綿衍。即使也有諸多論述，但詩裡一樣無法真正區隔，他在詩行、論述和行動之間激盪著意義的浪花。他是在浪濤上的島國的詩人，他的詩在島國激起浪花。在島和宇宙之間，在族群連帶和國家之間，曾貴海的小城情懷與大國心思相互照映，互不偏廢。

曾貴海的族群意識並不局限於台灣的哪一種族裔，台灣獨立意識論者的他在詩裡對戰後來台住民的同情顯示在他早期的詩作行句。出生屏東客家庄的他，祖母有平埔血統，祖父是從福佬庄抱來的養子，外婆是典型客家庄婦女，曾貴海的一首詩〈平埔福佬客家台灣人〉就是寫照。

（略三節十四行）

有一日發夢
看到三個祖先
佔著圓身三個部分
牽手唱歌跳舞飲酒
伊等喊我小猴仔
汝係平埔福佬客家台灣人

（略一節三行）

——〈平埔福佬客家台灣人〉

這是一首以客語寫成的詩，一個平埔福佬客家人的群族觀。有三個祖先的台灣人曾貴海，這樣建指自己的台灣認同，他的台灣人身分因而有兼容並著於台灣這個國家之親。曾貴海也有台語詩，顯示他呼應族群身分的書寫。他的開業行醫生活暇時，常去大貝湖，亦即澄清湖的柳蔭下看書，並將所思所想寫成《湖濱沉思》，詩集《畫面》就有他的台語詩。

湖過ê樹仔跤
兩人恬恬對看
無講半句話

坐佇邊仔ê座位
像誰ê身影
一幅寂靜ê景色
心內藏著互相ê記持
（略二節十行）

黃昏來到樹林內
日頭漸漸沉入湖中
月娘光光照孤影
心內，紲愈來愈m̄甘

——〈記持ê幼紋〉

比較起來，他的客語詩比台語詩多，他的《原鄉．夜合》也較被談論。原鄉，是客家之鄉，對他而言是屏東的佳冬客鄉；夜合則是花卉。他的原鄉敘述有庄頭故事、有情景，抗日、白色恐怖歷史都在其中，客家女性心和庄頭形色也涉及。

〈夜合〉

——獻分妻同客家婦女

日時頭，毋想開花
也沒必要開分人看

臨暗，日落後山

夜色跈山風湧來
夜合
佇客家人屋家庭院
恬恬打開自家个體香

福佬人沒愛夜合
嫌伊半夜正開鬼花魂
……
勞碌命个客家婦人家
老婢命个客家婦人家
沒閒到半夜
正分老公鼻到香
（略一節七行）

以夜合喻客家女性的勤勉，白天不開花晚上開花。忙到半夜才入房，丈夫聞到香味。末了以「捏散花瓣／放滿妻仔圓身／花香體香分毋清／屋內屋背／夜合」喻夫妻情愛。〈田舍臨暗〉則是「煮熟个紅日頭／龜做一粒大圓粄／對筆直个檳榔樹中間／慢慢蹓落雲層个梯仔／坐在海面搖來搖去／……／天地分一大塊黑布朦著目深／掀開來／變出一隻大月公」，有形有色的風景畫。

曾貴海本質上是抒情的，因為台灣的現實、人、社會、國家的種種課題，讓他介入，參與公共事務，在敘事的歷史、地理，以聲嘶力竭，他以《白島之歌》輯成情詩選，與《航向自由》的長詩選，以及《寂靜之聲》的輕詩選，在進入二〇二〇年代，作為他詩的成績單，顯示他的多面向詩業，有與江自得互別苗頭、平分秋色的壯闊之志。但說情詩選，不免局限了，雖然他有許多作品寫了妻子家人，對自己的五十歲、六十歲、七十歲也都留下自述，對自己生之軌跡有凝視和觀照，但台灣的課題性太多、太嚴重，畢竟也是牽絆，公共責任和人間情誼的張力，拉扯詩人的心。

在陽台澆水的妻子告訴我
盆景中孤百合又開花了
四朵花身倚靠母葉旁
迴照遙遠青春的豔麗
（略四節二十四行）
初戀的那位女孩
偶而被記憶召喚到書房

（略三節二十七行）
遙遠的起跑點
擠滿陌生的孩子
天真燦爛的笑容
正舉起他們的腳
慢慢接近紋路
尋找玩具
或者，發現消失的地平線

——〈紋路〉

戰後世代的曾貴海，人生也從青春、米夏、白秋走向玄冬期了，我從他的詩路歷程看到他的人生歷程。半世紀之前，在高雄火車站，兩人互相勉勵走在詩人之路。看著他，在情詩選、長詩選、輕詩選出版之際，又有《二十封信》的新詩集，他的人生紋路交織著醫生和詩人和社會運動家的形跡。在〈作家身分證〉這首一九九〇年代初透露的台灣男人的心事，他以「用什麼證明你還活著／用宣言掩飾／模糊的自己／用利息和施捨／支付明天生命的浪費」，「堅持作家的身分／貼上心靈的各種護照／填滿愛與罪行的記錄／重新申請一份」有自我批評，也有期許，不只對個人，也對文學界，對詩人與作家們。重新申請了作家身分證的曾貴海，從一九九〇年代拓展的詩人形跡，清晰可尋。閱讀著他形跡中的印記，他的一首短詩映入眼簾，讓我看到曾貴海心的側影。

〈愛〉

沒瞭解愛个年紀
放心去愛全世界
知得麼介係愛个時節
揹著世界毋敢講愛

日出
花開
天水長流呀

凝視之眼，存在之心
——鄭烱明的抵抗詩學

鄭烱明（一九四八～）的第一本詩集《歸途》出版於一九七一年，收錄的是他在一九六〇年代末登場的作品。那一時期，也正好是我晚於他在《笠》登場的時代。相對於我在其他詩刊、雜誌開始，鄭烱明是更純粹的《笠》成員，陳千武對他的啟蒙和提攜也是我們相同世代無法比擬的。

初讀他的〈襯衫〉是他在《笠》一系列「二十詩抄」之後，收錄於第一本詩集《歸途》的作品。

〈襯衫〉

穿著破舊的襯衫四處遊蕩
穿著不可測的命運

常常脫下來補
失業的時候就把它掛在肩上

裝出很神氣的樣子
可是，在這個性喪失的社會
還有什麼值得驕傲
踏進擁擠的公共廁所
我以沉思和寂寞打發無聊的小便

相對於一九五〇年代末到一九六〇年代初期，標榜超現實主義和新古典主義的亞流西方化和擬古抒情，鄭烱明的〈襯衫〉是一首都市、工業化，呈現台灣近代社會狀況的詩。不是抒情而是觀照，是一種凝視，這也是《笠》在一九六四年創刊後，以台灣本土的生活現場為立足點的視野。

從「在台灣的中國的詩」到「台灣的詩」，《笠》的結社、發刊，象徵一群台灣詩人經過瘖啞再發聲。從一九四五年到一九六四年，若以二十年為一語言世代，戰後世代的鄭烱明和他的啟蒙者陳千武，近乎同時代先後登場，是戰後台灣現代詩史的特殊現象，隱喻著台灣從被殖民以日本語寫詩，到再被殖民以通行中文寫詩的歷史際遇。以通行中文的語言條件，鄭烱明作為戰後世代和陳千武是幾乎同時期，但陳千武在戰前即以日語發表作品，受到日本引介的世界近現代詩與詩論影響，在精神上仍據有一九二〇世代奠基的詩學厚度。〈襯衫〉是在當時《笠》以「作品合評」形式發表的。一九六八年，鄭烱明這首「二十詩抄」系列作品和其他幾位當時年輕詩人一起被討論。陳秀喜的一段話讓人印象深刻：

> 這樣的精神有點像日本流行的一個故事。日本的窮武士，走過市街，沒錢吃飯，看到別人從飯館出來，拿著牙籤在挑牙，他也拿了個牙籤拚命挑牙，表示自己也已吃了飯，且裝著很神氣的樣子。

鄭烱明的「二十詩抄」在《笠》發表、登場，具有某種姿勢。他出發期的視點，既不是一九六〇年代超現實主義的模擬，也不是新古典主義的模仿。鄭烱明沒有青年過敏性煩惱，他一開始時就有客觀性、現實觀照的視點。或有人在《笠》二十三期（一九六一年十二月號），以「本社」名義，以「新即物主義」談鄭烱明的詩，與陳千武譯介德國詩人Erich Kästner一首〈即物性的故事詩〉一起發表，有時也影射許多《笠》的詩人風格，其實，鄭烱明只是從當時詩壇偏頗的主觀主義作為客觀主義的調和。他的時代感覺和客觀性體察出於「凝視」，是一種觀照。

拾虹、鄭烱明、我和陳明台，是一九六〇年代末《笠》新人群，與陳千武等一九二〇世代創辦人群及一九三〇世代同仁，有父兄之誼。陳秀喜、杜潘芳格像母親世代的存在。我們以春、夏、秋、冬之序，被喻為「四季的詩人」，性格、風格各異，在詩業的切磋甚至生活情誼，卻都親密交融。我在一九六九年出版了青春過敏症的抒情詩和散文集《雲的語言》後，才在《鎮魂歌》這本詩集的時代，進入凝視。在鄭烱明進入《悲劇的想像》的一九七〇年代初期系列，我也在《野生思考》的作品期。他的〈悲劇的想像〉主題詩，短短八行，以屈原、梵谷和三島由紀夫三個詩人藝術家的行止聚焦，轉映在他夢裡。

屈原的投江
梵谷的毫不吝嗇地把自己的一隻耳朵
割下來送給妓女
以及三島由紀夫的切腹
他們都不是在證明什麼
或想否定什麼
但卻時常出現在我底夢裡
以一朵黑色的鬱金香

乾淨俐落的行句，「不是在證明什麼」或「想否定什麼」的反面肯定敘述，以及象徵性的結論，讓人印象深刻。在我看來彷彿美術的油畫肌理與水墨紋路之比。平易近人的言語是鄭烱明的詩風，但他有「驚訝」與「發現」，甚至「幽默」——這種東亞文學、詩歌少見的質素，加上真摯性的本質，形成詩之志。

一九七〇年代末期到一九八〇年代初，鄭烱明的「凝視」相映「存在」，形成他的抵抗詩學脈絡。他以台灣之喻的「蕃薯」吟唱存在之歌，並發出抵抗之聲。

〈蕃薯〉

我要站出來說話
以蕃薯的立場說話
（節錄）

〈給獨裁者——為魏京生和他的伙伴而作〉

你可以把我的舌頭割斷
讓我變成一個啞巴
永遠不能批評
你可以把我的眼睛挖出
讓我變成一個瞎子

看不到一切腐敗的東西
你可以把我的雙手輾碎
讓它不能握筆
寫不出真摯和愛的詩篇
你可以把我監禁再監禁
甚至把我的腦袋砍下
而你仍不能贏得勝利
在歷史嚴厲的裁判下
你的憤怒只是
寒風中的一個噴嚏而已

以蓄薯的立場說話，在〈給獨裁者〉的副題曾以向魏京生這位中國流亡民運分子致意為托詞，都是鄭烱明在戒嚴時代以語言為武器的抵抗。這種情境在〈混聲合唱〉的〈一個男人的觀察〉和〈一個女人的告白〉形成某種歷史的批評構造。〈一個男人的觀察〉以三十四行從他寫她；〈一個女人的告白〉同樣以三十四行從她說他。表面上是一對怨偶的滿腹牢騷，其實是戰後被擬似殖民的台灣對流亡殖民中國政權的相對告白——現實與歷史的隱喻交織，說是「混聲合唱」，其實是某種劇場形式的演出。幕啟時，他在一側朗讀；燈熄，另一側燈亮起，她以告白回應。這是鄭烱明作為一個戰後世代台灣詩人的政治觀照，流露他的詩人責任，呼應了後來的一首詩〈闇中問答〉。同樣是劇場形式，鄭烱明在夢中回答嚴厲聲音詢問，以及有關詩人責任的回答。他的抵抗詩學確立於這樣的自我剖白，也交織在他的凝視和存在觀。

可以說，出版了《蕃薯之歌》的鄭烱明，在進入一九八〇年代之際，就以他自一九六〇年代開始發表的詩，建立了他的詩人位置。比起在一九七九年末，美麗島高雄事件發生以後才覺醒的同世代、同時代詩人，鄭烱明詩裡的抵抗具有某種先驅性格。他的本土性和南方性重疊，益發顯示其特性。

以《最後的戀歌》延續詩業，隨著一九八〇年代台灣民主化開展，鄭烱明的淑世精神依然持續。他的凝視與存在，相應於民主化開展，梭巡了包括一九八〇年代二二八林宅血案，寫下〈童話——紀念一對孿生女孩的死〉，也寫了〈健忘症患者〉直指江南命案的情報公案黑影。戒嚴體制長時期的陰暗面也在他的行句顯現。在〈真相〉裡的主人與狗，狗看見主人掩埋罪惡，以為主人掩埋的是什麼珍貴的東西，直到無數被迫害的亡魂一個個上門控訴，狗才發狂吠叫，跑開。戒嚴長時期白色恐怖的許多被掩埋真相，主人與狗，主謀與共犯。他的詩裡藏著許多祕密，直指政治恐怖以及荒謬性，卻充滿憐憫之心。

〈**烤鴨店**〉
不管是北京的
或台灣的烤鴨
現在都默默無語
等待饕餮者
（節錄）

〈**深谷**〉
在我們心的深谷
也有一隻不死的鳥
正振翅，試圖打開
長久被囚禁的枷鎖
（節錄）

鄭烱明的抵抗詩學在於呈現生命的存在和意義，他自喻「我不是正義的使者／亦非唐吉訶德／我只是一個手無寸鐵的詩人」，並敘說自己「從二十詩抄出發／沒有踏上歸途／卻一路唱著蕃薯之歌／以及最後的戀歌」，「所有悲劇的想像／化作一首沉重的三重奏／我不得不凝視／對鏡朗讀死亡的思考」。

他的詩業，前半期為《歸途》、《悲劇的想法》、《蕃薯之歌》、《最後的戀歌》，為四十歲以前作品；四十歲以後作品，以《三重奏》、《凝視》、《死亡的思考》以及一些未出版作品形成。其間的休止符，出於投入《文學界》、《文學台灣》的社務、編務。帶有文學運動的實踐。四十歲以後的人生，除了醫生的診療事務，兒子的成長、父母老化投入的照顧，在在牽繫。外在現實的凝視交集自我人生的凝視。父親、柯旗化、葉石濤……都在他再度出現的作品呈顯。

〈父親〉

父親不認得我了
一個涼爽的秋日午後
我站在父親的面前向他打招呼
他卻一動也不動地
凝視著前方
（節錄）

〈記柯旗化先生〉
您寫下「母親的悲願」
您吟唱「自由的歌聲」
您揭發「台灣監獄島」
（節錄）

〈不朽的靈魂〉
午夜，撫視著您的全集
翻閱與您諸多合影的相簿
葉老，我要在心中呼喚您
一遍又一遍，輕輕地呼喚
那屬於這塊土地的不朽的靈魂
（節錄）

《三重奏》、《凝視》、《死亡的思考》是鄭炯明從五十歲進入六十歲、七十歲出版的詩集，與「二十詩抄」時期收入《歸途》的作品對照，仍見他真摯與平實之心。他的詩始終沒有花俏的技巧，而是一種發言、陳述。凝視之眼，存在之心交織。不是吟唱，也非描繪，而是思考。他的台灣性兼具了對被殖民者與殖民者群落的弱勢關懷，及對台灣與世界威權壓迫者的批評。人道關懷是他流露的詩情。

〈三重奏〉以「我」、「你」、「他」喻示台灣；喻示殖民台灣的中國政權；喻示中華人民共和國。比起〈混聲合唱〉的雙重構造，〈三重奏〉的三重構造，更進一步指陳當下台灣的政治狀況。

> 我不是你的一部份／因為我不是單純的我——引自〈我〉
>
> 你不時窺視著我／以一雙狼的青色的眼睛——引自〈你〉
>
> 隔著海峽／他以毀滅性的武器瞄準我／然後微笑著說：我要擁抱你——引自〈他〉

從我與他的〈混聲合唱〉到我、你、他的〈三重奏〉，鄭烱明的凝視與存在，交織著他的抵抗。他的視野也擴及世界的觀照。詩作指涉列寧、劉曉波、施明德、卡繆、普希金、遠藤周作、韓國的市民運動、西貝流士、烏克蘭……人與社會、台灣與世界，都在他凝視與存在的視野裡，他的抵抗立基於人的立場，就如他自喻的：

〈抵抗的詩學〉序詩

我手持語言的利刃
奮力在潔白的稿紙上
一字一字地刻下
難得的生命的印記

在這荒謬的
價值不確定的年代
抵抗是必須的
而且不能妥協或停止

從抵抗現實到抵抗謊言
從抵抗極權到抵抗殺戮
沒有誰能禁止
我的抵抗的詩學

鄭烱明的詩始終帶有抵抗心，即使到了思考死亡的時代。這一系列的詩，應是他經歷父母離世後，也是自己從青年期、中年期，進入初老期的思考。更沉靜、更沉澱的思考，是進入白秋期到玄冬期的人生才形成的。〈死亡的選擇〉、〈死亡的印記〉、〈死亡的背影〉、〈死亡的列車〉一系列關於死亡的行句，是對生命的思索，也是存在論的思維。認為所有「生命的記憶／無論該遺忘或不該遺忘的／都將如絢爛的煙火／消失於時間之河」的他，以日本導演小津安二郎墓誌銘「無」以及俄羅斯文學家托爾斯泰無墓碑長眠之地為例，說「我的死亡的印記／只是幾冊薄薄詩集／被放在一個不起眼的角落／沾惹一些塵埃而已」。

從一九六〇年代末開始讀鄭烱明的詩，一起在詩與文學之路摸索、成長，他的詩情、詩想、詩型，是在我腦海印記般的存在。他以《凝視與存在》出版他從一九六〇年代到二〇一〇年代的詩作選集，既讓我再一次梭巡他詩的形跡，其實也讓我梭巡了自己的詩生涯。在島嶼南方出生、成長的我們，分隔南北兩地，但親近一如比鄰。同為《笠》的四季詩人的拾虹已在天國，形同春逝，鄭烱明在島嶼南方，彷彿夏之蓬勃，陳明台隱居於台中（二〇二一年過世），似與他冬之境相屬，而我在台北，從白秋期進入玄冬期的人生，仍在工作室與家中書房筆耕、閱讀。以「凝視之眼，存在之心」敘說鄭烱明的抵抗詩學，並再細讀他詩的心跡，彷彿觀照了與時並進、同為戰後世代的一位詩人真摯、平實的形影。

疏離感，漂流心；反民眾性，反大眾性的異質形影

——陳明台的孤獨位置

陳明台（一九四八～二〇二二）第一本詩集《孤獨的位置》出版後，我在《笠》發表讀後評論〈愛與孤獨〉，那是一九七三年。當時，我們都以青年詩人之姿在詩壇活動，《笠》是我們主要的場域。同世代的拾虹、鄭烱明、我和他，被喻為春、夏、秋、冬四季的詩人，是那以後不久的事。我以丹麥文藝批評家喬治．勃蘭德（Georg Brandes）《十九世紀文學之主流》評論詩人拜倫詩藝的觀點，探看陳明台：「拜倫自身那種潛藏在血液裡的狂暴素質和顯現在外型上的不幸跛足，所交錯而成陰鬱而驕傲的性格，無疑也是重要的因素，而且是不可或缺的因素。」又說「拜倫還有一個不被批評家和傳記作者注意到，卻被星象家關心的背景是：出生在水瓶座的他的宿命。」

年輕的詩人陳明台是能夠了解拜倫這種心情的屬於水瓶座的人。而喬治．勃蘭德的評論裡說：「這個星座出生的人，在幼年時期把性愛（Eros）、戀愛（Love）、同胞愛（Agape）混合起來而感受著愛情的悲傷、苦惱底心情」，我以「孤獨」的兩種類型：一是不被置於孤獨狀態，找到連帶就能克服；另一是即便尋求了連帶也無法克服的視點看陳明台，說他是另一種類型。並以詩集中第一首詩〈觸覺之外〉為例，加以剖析。

無視於周遭冷冷環視的眼睛
夜夜看見您
漠然搖幌的手

此刻　行人稀疏的街道
猛然　促使我靠近

某種不可理解的心靈的震顫。
驚訝了您的臉孔
以及我的……

在暗夜的孤獨中尋求連帶的願望，使遙遠的臉和手浮現出來，雖然遙遠的手是漠然搖幌著的。不可信任的冷漠的眼睛既是生活著的現實，那麼唯一的憑藉只有那遙遠的手吧！漠然搖幌的手是不安定的，或許隨時會消失吧！尋求連帶的願望也只是一種易破碎的夢。咀嚼著這種連帶之時，一種心靈的震顫，不可理解，好像預言夢的破碎。陳明台這首詩頗為曖昧，我認為造成原因是告白的祕密性。當年，我以普遍性的人間關係看這首詩，在我們都從青春，經歷朱夏，白秋，進入玄冬之期的人生，似乎看到某種個別性關聯。詩中的「您」指的是誰？是學生時期夜歸，在路上遇見的陌生人或親人？

陳明台的父親是詩人陳千武，《笠》創辦人群對被稱為四季詩人群的戰後世代我們四人，都像父親角色的詩人。相對於陳明台感受到的嚴厲，因為陳千武是他真正的父親，我們其餘三人只感受到陳千武對我們的長輩之愛。陳明台常說，我也許比他和陳千武談詩論藝的機會，時間更多。一九六〇年代末、一九七〇年代初，在台中的時候，我參與《笠》的編務，常執行實際事務，陳明台不見得有機會受託。後來他去日本留學離開台灣，回到台灣後在大學任教，期間隔離了很長時間。

從兒童時代，受到祖母呵護，小時候，父親應常從陳明台祖母的保護傘要把他拉到斯巴達式的嚴厲管教；年輕時期，我和鄭炯明常出入在豐原的陳家寓所，與陳千武交談，在旁的陳明台反而因父子的關係而較為拘謹，無法暢談。詩藏有祕密，在行句裡除了公共語的體會，也有私密意味藏於其中。

一九七〇年代初期，他的詩集《孤獨的位置》，有陳明台詩情、詩想的諸多原型。他的詩原型和拾虹的《拾虹》、鄭炯明的《歸途》以及我的《雲的語言》處女詩集呈現的不一樣。咀嚼孤獨，尋求連帶，但孤獨仍在，連帶不在的況味，彌漫其間。

〈ALBUM〉

1\.
搜羅釘死的蝴蝶標本或者秋天的枯葉一般的癖性　他喜歡把懷念編綴漂亮的ALBUM
留點什麼在這兒　長久以來　ALBUM上的空白　他在拚命地嵌補著

2\.
不厭倦地轉動錄音帶一般的興緻　一頁又一頁　ALBUM上就跳躍出來無數的彩蝶　翩
翩了瞳孔的光芒
（略三行）

3\.
他是不懂滿足和駐足的人　把厚厚的ALBUM　一冊又一冊的堆積了　這樣感覺強烈的
溫情存在著
企求獲得什麼在這兒　長久以來　ALBUM上的空白　他在拚命地嵌補著

4\.
貼死的ALBUM

跳躍的ALBUM
空白的ALBUM

這首詩讓我想起一部改編自小說的美國電影《蝴蝶春夢》（*The Collector*），描述一個男人綁架心儀女孩的故事，一種被正常社會視為病態的愛情。〈ALBUM〉也流露陳明台坦露的心性，也可以說是孤獨中尋求連帶的癖性。詩裡的他也是孤獨的人，在收集成冊的ALBUM中，留下一些他尋覓的事物，而且拚命地嵌補。這是一首他少有，以散文形式呈現的詩。說是自敘傳也罷，說是告白也罷，陳明台的詩是內向化的。在一九七〇年代，台灣詩人們普遍從內向化轉向外向化，注意到凝視現實的風景時，陳明台似乎執著於他的初心。

他在大學歷史系獲碩士學位後，我們曾同在台中的一所私立高中任教。我們都修習歷史，但他教歷史，我教國文。大約只一年時間，我轉任新聞記者，他去日本留學，在東京教育大學改制為筑波大學後，修畢歷史人類學博士課程。停留在異國的時期，有八年之久（一九七四～一九八二），正是台灣社會在戒嚴體制下政治轉型初期。戒嚴體制國家機器的宰制力量受到挑戰，鄉土文學論戰（一九七七）、中壢事件（一九七七）、美麗島事件（一九七九），都在一九七〇年代發生，文化反思和政治變革交相發生作用。但人在日本留學的陳明台，並未置身其中。他人在東京，在學業與生活奔波之中，既感受在異國漂泊的鄉愁，也體驗了都市的匿名、孤立性以及零細化情境。嚴父慈母的壓力和呵護都在故鄉，還有從小就對作為長孫的他極盡疼愛的祖母形影——又逢祖母病逝的傷痛。相對一九七〇年代台灣現代詩的民眾性傾向，反映在吳晟的農民性，以及《春風》的工農性，有著與一九五〇年代、一九六〇年代的現代性反差的現實性。陳明台——即使他是《笠》創辦人群具重要位置的陳千武長子——也被認為是《笠》的異質性存在。

陳明台的詩是反民眾性的。他對普羅文學據於意識型態，有某種違和感。在日本的近現代文學發展，普羅文學在大正民主主義時期受到世界性共產主義思想影響，曾經發展過。但經歷二戰戰敗的民主化、自由化，戰前的轉向問題讓日本的文學界並不再盲目趨附共產主義或無產階級文學觀。「向左或向右都是我的自由！」這種自由意識與政治反思取代了左傾化盲點。而台灣曾處於極右翼國民黨中國蔣氏黨國體制的專制壓迫，不免對共產黨中國曾經存有幻想，過度美化左傾性，把相對性的意識型態絕對美化。一九七〇年代的詩壇是有這種傾向的，而陳明台是免疫的。他也反消費化的大眾性，顯示某種孤高的性格。

在日本的陳明台，對於民眾性的文學發展有免疫力，一方面因為戰後日本的左右思潮相對性發展，另一方面是他的個人氣質。他的內向化排斥了一九七〇年代，因為社會走向影響，波蘭詩人米洛舒〈有贈〉這首詩指謫的、導致詩的外向化蔚為風氣的某種形勢。儘管仍有些詩人附和統治權力體制，仍為官方謊言的共謀醉鬼的狂歌，大二女生讀物（意味淺薄抒情）這些不同類型的詩傾向寫作。有許多詩人觸探了現實，進行某些抵抗或批評。其中雖也有重視詩藝，堅守詩質者，但更有意識先行的現象，或只重意識不重詩藝者。

一九七七年，陳明台重新在《笠》發表，後來收錄於《遙遠的鄉愁》，留下他人在日本、家鄉在台灣的詩情。輯錄在《陳明台集》的作品，彰顯他在異國的心跡。輯二「遙遠的鄉愁」的〈月〉、〈骨〉之系列……；輯三「東京詩抄」的〈都市〉系列、〈海〉系列、〈死〉系列……；輯四「女人的天空」的〈秋〉、〈冬〉、〈沉〉、〈浮〉……。比起他出發期的敏感、青稚，從少年進入青年期，離開家園在異國他鄉的陳明台，疏離感和漂流心更重了。

〈月〉

哀傷的月
睜大眼睛在注視
狹窄的血槽上依然滴著鮮血的劍
躺在乾硬的砂土上
陰森而寒冷　閃閃亮著青色的光的劍

哀傷的月
睜大眼睛在注視
瀕死的年輕的兵士
夢想遙遠的故鄉而闔不上眼睛的兵士

靈魂附著遠遠的星星顯得淒艷的兵士
（略二節十一行）
而不知道從什麼地方
昇起來的含淚的母親的臉
仰起頭在注視
高高地掛在敗北的灰色的天空上
漸漸被朦朧的烟霧模糊了的
哀傷的月

深遠的夜　染得更黑了
沉浸在破滅的生的風景裡

月，哀傷的月，以瀕死在戰場的年輕兵士，經由月從異地連帶到家鄉的母親，在陣亡前的某種凝視、眺望，彷彿母親含淚也仰頭注視。夜與月的情境，黑暗中的某種光，微弱的月光，具有女性意味的光，其實是日光的反射。這個兵士彷彿就是陳明台自己，夜與月的情境就是陳明台的情境，他的抒情常是自我觀照以及自我憐憫，流露某種尋求連帶感但彷彿搆不著的心。他的暗鬱性格，來自個性。若說，父親陳千武是日的存在，那麼母親是月的存在，祖母也是。戰後，從南洋的太平洋戰爭場域回來的詩人父親，是一個堅毅、陽剛的人，與陳明台似成對比，母親和祖母小時候的愛印記在他心中，顯示在他的詩情性格，渴求的是母性愛，而未必是父性愛。

戰後的日本，亦即戰敗的日本，從廢墟化走出來，一九七〇年代已進入經濟成長，進入詩人谷川俊太郎等一九三〇世代，所謂「感性祀奉」的時代，不再是《荒地》詩人群，或《列島》詩人群的沉重反思和灰暗風景。但陳明台在日本，他對《荒地》和《列島》的關注也許比「感性祀奉」的這一世代詩人更重，這些日本詩人和他父親陳千武一樣是一九二〇世代，參與了太平洋戰爭，體驗戰爭的生與死的一代。

一九七〇年代的日本，曾經有「父親主義」和「母親主義」的教養論，分別以「斯巴達式」和「雅典式」這種不同的希臘性格，論述對子女的教育觀念。發動太平洋戰爭的軍國主義時代日本，是傾向「斯巴達式」教養論的；戰後，被盟軍強制要求以和平憲法，以日本國重新開展，「雅典式」的教養論反映了民主性格。這兩種性格分別被以「父親主義」和「母親主義」的嚴厲、溫柔區別，也有日與月的差異意味。陳明台既在母親、祖母的呵護下，也在父親的影子影響，他對日本《荒地》、《列島》詩人群的關注，似乎也是對父親詩人之路的關注。或許，他從經歷戰敗廢墟的日本詩人，更深入地探看父親。

在日本留學期間，祖母去世的消息，應該讓陳明台很傷心。他以〈骨〉的系列四首詩，留下銘刻。

靜靜地躺在散亂的灰燼裡　白色的骨的碎片
靜靜地躺在散亂的灰燼裡　白色的骨的碎片
（略二節十三行）
死去的魂魄的陰鬱的影
隱藏在碎片背後的透明的生
（略二節六行）

——〈骨〉之一

（略四節十一行）
白色的骨的碎片是看得見的東西
骨的碎片的背後　幻影是看不見的東西

白色的溫煦的陽光是看得見的東西
溫煦的陽光的背後　神是看不見的東西

然而
成為神的祖母的笑容是清晰地看得見的東西
幻影一般的故鄉的臉是清晰地看得見的東西
——〈骨〉之二

淡淡的朝陽的照射裡
沙沙地　白色的骨的碎片嗚響著
沒有絲毫希望的心底
沙沙地　白色的骨的碎片嗚響著

（略二節十一行）

火葬場高大的煙囪吐著哀愁
今日依然吹著不定向的風

天氣晴朗
今日依然吹著不定向的風

——〈骨〉之三

罎的質地十分細緻
鑲飾不閃閃發亮的褐色的光澤的表面
（略三節十二行）

罎的蓋子圓圓厚厚
封閉通向天空的門戶
咭噔咭噔地
不時作著劇烈的喘息
搖搖幌幌的死者的魂魄
禁錮的世界裡的死者的掙扎

——〈骨〉之四

《遙遠的鄉愁》這本一九七〇年代的詩集，印記著陳明台在日本、東京的鄉愁，也印記他在異國異鄉的都市體驗，他以「竄來竄去如同錯落街道裡的老鼠」寫流動在都市的人們；也以「貪婪和輕佻」喻男人和女人；電車、公園都成了詩的主題。他也看海、望海，在系列以〈海〉為題的詩，以「飄蕩過來母親層層疊疊的溫柔叮嚀」連結海的彼方、自己離開的家。內向性的詩人陳明台，在東京也記述了「反對戰爭／禁止核子試驗」的市民運動場景，記述了「請援助在戰爭中受了傷的人」的舊帝國軍人的悲慘形影，但是以一個旁觀者的觀照。

因為在異國，或因為他的心性，陳明台並沒有一九七〇年代，鄉土文學論戰以及民主化、自由化開展時，許多同世代台灣詩人積極介入的形影。一首以〈冬〉為名的詩，是他離開日本前的心靈註記，以「飄降／雪」開始的行句，在六節詩中重複出現。以雪的形色喻冬的情境，交織在女人和男人的心上。具有自敘傳意味的剖白，坦露他的心。

（略一節五行）

飄
降
雪
在女人的心上
是遺忘了伊的
男人的死滅的誓言

（略三節十五行）

飄
降
雪
在遙遠的異國的天空
在漫長的冬天的夜晚

似乎帶著心的傷痛，這是陳明台留學日本，其實也是漂流在日本的疏離心境，繼他一九七〇年在台灣出版的詩集《孤獨的位置》，延伸他從自我的觀照到在陌生化國度的存在景況。他的內向化，一直持續，剖白彷彿也是探索。這種特質讓他較缺乏對外向化的觸探，對詩人社會責任的承擔也較為欠缺。他的個人性遠大於社會性，在《笠》普遍被認為重視本土性、社會性的風格走向的集體特色中，成為異質的存在。他也常被認為是不像《笠》同仁的《笠》詩人。

一九八〇年代初，還在日本的陳明台，應主編《笠》的我之邀稿，進行《戰後日本現代詩選》的編譯，從《荒地》詩人群、《列島》詩人群、《歷程》詩人群，到《櫂》、《鰐》的詩人，以及戰後詩新傾向諸詩人，更擴及地方的詩人、現代女詩人，應該是戰後台灣，繼跨越語言一代詩人對日本戰前、戰後詩之後，戰後世代台灣詩人對日本戰後詩的系統介紹。相信陳明台也因為這樣的譯介深化了自己的詩學教養，建立更深刻的批評意識。他的詩人位置立據在詩的內面性風景而非外向性觀照，他的反大眾性且反民眾性在於不迎合大眾消費社會，不藉政治意識墊高自己，這種位置的堅持不無他個性中內向化的執著。比較被以四季詩人稱之的我們：拾虹、鄭烱明、我與他，冷冽的詩性風景是冬的風景，也是陳明台的詩風景。

一九八二年夏天，陳明台回到台灣，在大學的日文系及中文系、台文系所任教，詩集《遙遠的鄉愁》、《風景畫》相繼出版。他的位置仍然是孤獨的。以詩人、大學教授、翻譯家與評論家的身分，似仍格格不入。雪仍然滴落他心靈的土地，人間關係的違和感，讓他不能免於孤獨。

「就在這兒分手吧」
聲音響起時
這一座靜寂曠闊的公園
開始飄落了
晶瑩的片片

（略二節九行）

在女人離開偎倚的男人的胸膛
轉身而去的時刻
遙遠的山巔上
已經
堆滿了
蒼白顏色的
殘酷的
冷冽

——〈雪〉

以雪呈顯的〈風景畫〉，是陳明台的內部風景；他的外部風景，顯現在〈徵兆〉這首詩的意味裡，帶有某種對世局、世事的破滅感，他從社會現象，從現實場景，看到腐朽、崩壞的徵兆；在異國他鄉的漂流、疏離，回到自己國度，面對的另一種陰鬱。

（略一節四行）

湧起的雲一般

掀起風暴
這個國度的悲愴和苦難
——人們都聽見　人們都視而不見
啊　只有那高高的旗幟
仍然　在半空茫然　伸張大義

（略一節十行）

面對崩壞的徵兆，一九九〇年代陳明台即使有〈歷史課〉這種他少有的觸探，涉及台灣民主國早有獨立的史實，以及持續不已的苦難命運，也僅以「孤獨的教授依然抱著頭費盡心思／一個人在想　主體性以及獨立的必要」這樣的自畫像，在行句的末了，留下「窗外　冷冷的天空　陰鬱而虛無」這種感思。

優遊詩與畫之間，進出現代與傳統

——自由自在解構建構，穿梭意義柵欄的羅青

一九六〇年代末、七〇年代初，羅青（一九四八～）登場。晚我一年出生的他與我同一世代。那時際，詩壇已從《現代詩》與《藍星》對峙，轉而《藍星》與《創世紀》對峙，到《創世紀》與《笠》對峙。《創世紀》算是接收了「現代派」的能量，而《笠》則隱然有「本土」現代派的形勢。羅青近《藍星》，遠《創世紀》，余光中對他登場的姿勢讚譽有加，除以「新現代詩的起點」說他的第一本詩集《吃西瓜的方法》，也英譯他的詩，羅青以「余光中先生贈譯四首」收錄於這本詩集之後。

一九七〇年代初，我與羅青未晤面之前，即已通信。他的信簡以揮毫行草龍飛鳳舞，有傳統文人氣息，卻是外文系出身。既對古典中文詩歌有涵養，又游於西洋。記憶中，他對詩壇也有許多意見，流露戰後世代的進取心和批評意識。記得，我們的書信中，《笠》的詹冰、白萩常是他談論的焦點，對《創世紀》的洛夫，他則有所批評，懷著對台灣現代詩壇的省思以及詩人的進取心，字裡行間，流露無遺。

我與羅青的詩史關聯，還須加上鄭炯明。因為一篇批評洛夫主編《一九七〇年詩選》的〈招魂祭〉引起的軒然大波，導致巨人版《中國現代文學大系：詩卷》，硬是被余光中、瘂

弦、白萩三位主選人之外的洛夫杯葛，以收錄至一九四五年（二戰結束之年）為由，讓出生在一九四七年的我、一九四八年的羅青、鄭烱明三人從選入到出局，算是詩壇的「慕尼黑事件」。幸好我們三人都未被擊倒，仍各自在詩之路途發聲。

一九七〇年代，余光中說羅青是「新現代詩的起點」，吳晟是「鄉土詩新面貌」，余光中左手打了《笠》，右手打了《創世紀》，不無左右風氣的意思，而吳晟和羅青也一路有他們的光彩。兩人一靈巧，一拙樸，詩風各具。

吃西瓜有其方法？羅青就是以《吃西瓜的方法》這本詩集的作品，在一九七〇年代初，顯露他的光芒。瘂弦在主編的《幼獅文藝》對羅青的鼓勵極大，這又與吳晟在《幼獅文藝》的大量曝光一樣。被視為《創世紀》詩人的瘂弦，和余光中，似乎超越了詩社的界限，同樣成為吳晟、羅青的發掘者，或說照燈人。

〈**發表**〉

早上
朝陽艱難苦澀的
把我從一雙流浪的黑芒鞋內
一字一句的寫出，寫出
直到，所有的青草都驚見：

我的髮，被述成了
亮麗柔長的和風
我的臉，被描成了
雄偉多姿的風景

傍晚
落日又一分一寸的仔細校正我
定稿時，已擦抹刪改得漸透漸明
末了，只剩下一雙含淚的眼睛
託咐給雲，寄交給夜——
在黑漆漆的天空中
默默的發表——首次的發表
首次默默，向所有暗中流浪受苦的鞋子
發出信號互助，表示安慰關注

以日出和日落喻示詩的寫作、發表和被閱讀，書寫的形式條件，形成過程，以及發表的樣態、意義（這不只牽涉形式，也指內容）。羅青以自然和書寫互喻，顯示了他的詩性把握。他對詩之為詩，有其體認，有其追求。

一九七五年，羅青和一些詩友創辦《草根》詩刊，發表〈草根宣言〉，有現代詩回歸傳統的主張。他也將作品交給我執編的《笠》發表，〈白蝶海鷗車和我〉這首收錄在《吃西瓜的方法》這本詩集的一首詩，即是他就讀輔仁大學英語系時的作品。

一九七〇年代，正是戰後世代，亦即一九四五年以後出生的詩人登場的世代。新進的詩人們各有其參與詩社，或不盡屬於《藍星》、《創世紀》、《笠》，而是自行集結。但自行集結的新興詩社，並未形成與《現代詩》、《藍星》、《創世紀》、《笠》分庭抗禮，各據一方的形勢。《龍族》和《陽光小集》在一九七〇年代一前一後，挾大眾傳播優勢而有某種程度的聲勢，但不能持久，形同曇花一現。其他新興詩社相形之下更無勝場。羅青參與的《草根》在一九七〇年代中期，也無法長跑，但戰後世代詩人們不想被主要詩社歸屬，想走自立新貌之心，是存在的。

羅青在《吃西瓜的方法》系列作品之前，「許願」和「夢的練習」詩輯，已顯露他不同於傾向超現實詩風的晦澀、玄祕，也不同於樸拙寫實的情趣與機智。他既有中國古典詩歌的底，又有西洋詩歌的學養，形成自己的詩視野。一九四〇世代的台灣詩人，不同於一九三〇世代，在戰後的新詩運動或現代詩運動，就已參與其中。登場時，已能觀照到既有的建構，以及問題性。羅青也是有尋覓自己詩人之路、建立自己詩形詩貌的。他雖有《草根》回歸傳統的主張，但並不守舊，而是反對標榜超現實主義導致晦澀的路線，向生活扎根，從生活索求詩意，甚至借童心生趣。

弟弟妹妹吵吵鬧鬧
爭著跑來問我：
寫一個樹，要幾劃？幾劃？
難不難？難不難？

（略二十行）

說：不難不難
只有一筆一畫慢慢寫用心寫
就像寫弟弟妹妹這兩個字
一樣，共要二八一十六劃

——〈樹的寫法〉

省略的二十行，是「樹的寫法」，是「我」教導弟弟妹妹如何寫「樹」這個字的過程，他把「樹」的字根拆解，從「木」到「村」，到「土」到「豆」，其間夾雜著「我」與「弟弟」、「妹妹」的互動。說文解字，讓我想起許達然的一首詩〈樹〉。不過，羅青的〈詩的寫法〉，取童稚之趣，許達然的〈樹〉是深思。

〈自祭文〉

我坐在相思樹上，思想
相思樹是我的軀幹，是我

我臥在相思樹下，相思
相思樹是我的思想，夢想

我偷偷戀我的愛
偷偷落我的花

偷，偷，偷，偷
我用，落花

丈量我的

墓穴

這首詩，以相思樹上、樹下，衍生思想、夢想的語意邏輯，延伸到偷偷愛、偷偷落花，竟至用「偷，偷，偷，偷」連續四個字用落花丈量「我」的墓穴。自祭文這麼俏皮、風趣、詼諧。相思、思想、夢想到丈量的疊層關係、語意關聯，也顯示了他詩意的趣味。

一九七〇年代，正是鄉土文學論戰的年代。戒嚴統治體制、反共的國策、晦澀化的現代主義詩走向，都逐漸因為種種問題性而受到挑戰。走向現實的寫實主義，既有本土意識，也有左翼中國意識的氛圍。這種解放感在許多新世代詩人作品中呈現，但羅青的文人性格堅持著某種詩意的純粹。他和也一樣從中國古典詩歌尋求詩意的蘇紹連不同，蘇紹連以玄祕、戲劇性寓意，羅青則衍化再生。看看《吃西瓜的方法》裡，「山水冊」輯中的〈玉山引十首〉、〈橫貫公路八首〉，如同山水畫般的地誌詩，頗有追擊鄭愁予相關的爬山登嶽詩篇。畫山水而詩山水，羅青玩味詩與畫，遊走其間，看得出氣定神閒的樣子。他有詩的壯志，有藝術的企圖心。但一九七〇年代，威權統治體制逐漸解構，台灣社會醞釀的狂飆社會運動氣息，與他並不相關。雖然他《吃西瓜的方法》中〈三斷論法〉詩輯，有一些指涉，但著眼的是詩意的趣味。

〈三斷論法〉而非三段論，「書房書房」以書、房、書房；「流行歌曲」以流、行、歌曲；「手拿掃把」以手、拿、掃把，各三小節形成。他的一些詩，常以這種多段論方法呈現。〈報仇的手段〉有四招；〈吃西瓜〉有六種方法；柿子的〈研究內容〉有六項目，加上

〈研究結果〉。〈月亮·月亮〉更以前言，加上蜜蜂、弟弟、手錶、水手、床前、太太、公寓、月亮、盤子橘子、工友老宋、三二九號、司機阿土，十二項目構成。

……
我坐在書房裡，守書看書
把大大的書房，看小守小
小小的書房，鎖我關我
……

——〈三斷論法〉之「書房書房·書」

我臥在書房裡
拒絕幻想方方的書房是方形的舟
……

——〈三斷論法〉之「書房書房·房」

……
我確確實實無法衝出這小小的房間

正如我無法衝出我的腦間
我無法清除房中腐爛的報紙與典籍
……

——〈三斷論法〉之「書房書房．書房」

「流行歌曲」之三的「歌曲」有一些行句指涉似乎有社會性，或說政治意涵，但羅青的詩一向迴避政治介入，顯現是一個文人的自由自在心思，游於藝是他的心性。一九七〇年代的民眾詩狀況與他無緣，無論呈顯的是左意識附和新中國，或右傾性附和流亡在台灣的舊中國。羅青的文化傳統意識是文化的中國，台灣是他生活的場域，他也沒有以詩投靠不當統治權力。年輕時期曾以《草根》結合一些詩友，有詩壇起義的豪情壯志，去美國留學時，儘管在給我的信中說課業重，十分痛苦，仍想為執編《笠》的我找人手，說「《笠》很需要對中國古詩做重評、重整」，認為「漢樂府是很好的題材」。一九七〇年代中末期，《笠》曾連載羅傑英譯，吳美乃選輯、加註的〈李白詩漢英對照〉，以及杜國清的〈李賀歌詩評釋〉，某種程度也算呼應了這種想法。

羅青在詩壇登場的亮光是《吃西瓜的方法》這第一本詩集。集中〈吃西瓜的六種方法〉，從「第五種　西瓜的血統」、「第四種　西瓜的籍貫」、「第三種　西瓜的哲學」、「第二種　西瓜的版圖」，到「第一種　吃了再說」，其實只有五種。而第一種只有小標題的「吃了再說」，羅青的刻意戲謔，也顯現在這種小節。吃西瓜當然是吃西瓜，詩到後來才進入本題，從第五種到第二種，羅青分敘的血統、籍貫、哲學、版圖，其實說的是星球，包括星星、地球、月亮、太陽的宇宙與人間，他亦戲亦謔的行句之間，有其思考的邏輯與哲學觀。在一九七〇年代，既與高蹈化、內向化、晦澀化的超現實主義歧途不同，也不同於現實的寫實化，常流於平白直敘。他親近《藍星》，但不陷入抒情泥沼，而是另謀新境。羅青寫詩，也玩詩，他以知性玩味感性，帶有思考，也有邏輯，在童趣與計算之間形塑經驗與想像的構圖。吃西瓜因而是看天文、地理，想人與自然。

沒人會誤認西瓜為隕石
西瓜星星，是完全不相干的
然我們卻不能否認地球是，星的一種
故而也就難以否認，西瓜具有
星星的血統

因為，西瓜和地球不止是有
父母子女的關係，而且還有
兄弟姊妹的感情——那感情

就好像月亮跟太陽太陽跟我們我們跟月亮的
一，樣

——〈吃西瓜的六種方法〉之「第五種　西瓜的血統」

一九七〇年代中期，鄉土文學論戰的正反兩造，分據於詩壇、文學界，不只是文化的也是政治的，羅青並不介入其間。他的《錄影詩學》這本詩集出版已是一九七八年。他的後現代狀況——與現代主義的過度知性，擺盪到無界定、規範的反菁英、大眾化取向，顯然有意區隔差別。從《吃西瓜的方法》既已有後現代主義傾向，更持續在新的追尋，呈顯詩性風景。《錄影詩學》取自電影、電視的影像性，也來自漢字中文的圖像屬性。

〈錄影詩學宣言〉

（一）
暫時
先不談理論
且看我
如何運用這支

由電子攝影鏡頭所改裝的
新型畫筆
拍攝出一首
既古典又現代的
視覺詩

（二）
當然
音效是必須的
且聽你
如何運用舌頭
奏出各種不同節奏的
音樂來同步
配合出一組

知感合一情景交融的
主題曲

《錄影詩學》這本詩集，有中國大陸詩歌的影像腳本：〈天淨沙〉取元帝國時代馬致遠〈天淨沙．秋思〉這首散曲，表達漂泊旅人心。羅青以詩中詞句，形塑場景鏡像，有趣的是，加了台灣的現實意味。

「老樹」
……
特寫——紅色的「高壓危險，請勿靠近」
特寫——藍色的「三民主義，統一中國」
特寫——黑色的「民主人權，敬請賜票」
特寫——金色的「保留戶推出歡迎訂購」
……
「小橋」
……

特寫「保密防諜．人人有責」
……

「瘦馬」
一輛千里馬（特寫）
飛速駛過造橋
……
衝向恆春核能電廠
……
出了車禍
現場一灘灘的汽油
燃燒起
巴士海峽驚心動魄的晚霞
……
「斷腸人」
……

飄來了一船
瞪著大眼睛的
中國人

《錄影詩學》有「文字錄影世界」是旅遊記述，「文字錄影台灣」記述的是台灣現象，「墾丁國家公園錄影專輯」聚焦恆春半島的國家公園周邊，「文字錄影內心」記述心事情境，筆鋒揮灑畫事，「後現代情狀實況轉播」繪聲繪影繪形，頗多巧思，為他的後現代詩學提供論證。

羅青的錄影詩學，不同於圖像詩或具體詩。他以錄影詩為名，與一九二〇年世代詩人詹冰、錦連的作品〈Affair〉、〈轢死——Coné poème〉不同。有後現代主義的輕佻、繁複與現代主義的嚴肅、簡潔之對比。〈一封關於訣別的訣別書〉常被提及，以辛亥革命林覺民〈與妻訣別書〉為引，以「卿卿如晤」開頭的這首詩的信，是正典的解構，一種詩意的調侃，與歷史無關但題旨的附會卻又有語意牽連。羅青的詩法特色流露無遺。

相對於他以後現代主義形色書寫的作品，羅青一九九〇年代，有一輯旅遊西班牙古城柯多巴，留下的多首詩作。從〈一．應該是用鹽造的〉、〈二．橘子路燈〉、〈三．檸檬刺蝟〉、〈四．碰亮〉、〈五．橄欖人〉、〈六．咖啡註〉、〈七．夢與垃圾〉、〈八．門中門〉，是一九九〇年，羅青與家人在西班牙旅遊一個月的見證，他以西班牙詩人羅卡也寫過這城，說他也詩興大發，還說這八首「只是一個前奏而已」，期待期待！

〈應該是用鹽造的〉

我很想說

白色的柯多巴是一座

方糖城

但是我不能也不會

這樣寫

我自己也去過西班牙的柯多巴，是西班牙南部的一個古城Cordoba，也常被譯為科爾多瓦，或哥多華。我也譯過羅卡的詩，他的〈騎士之歌〉寫的就是在安達魯西亞草原、橄欖園之間，騎馬要去這個古城的心境。羅青的這一系列詩，顯示了與他被視為後現代主義不一樣的風格，也許更能看到他機智靈巧外的詩情詩想。

進入二十一世紀以後，羅青作為畫家似與他的詩人角色平分秋色，或更為人所知。他在後現代主義詩路馳騁，從一九七〇年代迄今，也已近半世紀。同為戰後世代，雖然他出生於中國青島，我出生於台灣高雄，但同樣在台灣成長。一九七〇年代之後，我們沒有書信往來，但彼此居家相近，偶爾會相遇，年輕時期相互鼓勵的進取心印記在我們出發的過往歲月。我常會想起那樣的時代，想到各自行走在追尋之路，對詩之為詩的堅持。他在一九九〇年代末期的一首詩〈絕句〉，彷彿他詩的窗口投射的風景。

〈絕句〉

每一棵樹
都是一行會生長的絕句
枝枒間跳躍的鳥雀
是不斷移動的標點

從聽診器診斷台灣，呼喚福爾摩沙與美的日常巡禮

——江自得實證性與觀念性交織的詩意吟詠

江自得（一九四八～）是知名的胸腔內科醫生，但他後來更執著的，也許是詩人之業。一九八八年，任職台中榮總胸腔內科主任的他，四十歲意外摔傷腿，躺在病床思考人生。從而，再走上詩人之路。一段他的自述，詩人江自得從此取代了江自得醫生的分量。這在台灣，與大部分文學青年在讀完醫學院以後，成為醫生，放棄了詩人身分，有極為不同的人生選擇。

就讀高雄醫學院的一九六〇年代末，他就在學校詩社阿米巴，開始詩的習作。曾貴海是他的學長，王浩威是他的學弟。畢業後在台北榮總、台中榮總行醫，期間並赴日本研修。他在台中建立胸腔內科名醫的地位，指導醫學院後進，並在胸腔X光片解讀為醫療界器重，且著有專書，個性敬謹的他，生活步調有致，並擅長歌劇演唱。

「在實驗室摔傷腿，住院休養的一個月中，靜下心來，檢視過往的生涯，驚覺步步進逼的歲月，已將我推向中年。……自今年（按：一九九〇年）年初始，又再度提筆寫詩，冀圖以詩創作做為回歸傻瓜陣營的起點，……並驚醒自己，在邁向後半生的路途中，須時時嚴厲地鞭策自己。」自此，他的詩人之路再度形成，也因此沒有太多青春練習曲，詩集《那天，我輕輕觸著了妳的傷口》，是一九九〇年出版，時年四十三歲。這本詩集，有他早期發表於《阿米巴》

的作品，有他擔任實習醫師的手記。

1.
穿著白衣走向醫院
默忖自己那沈重的足音
與醫院的白色之間
有多大距離
如果悲嚎自樓頂墜下
我應以怎樣的姿勢接住

走著，走著
我踏上石階
踏入另一個世界

（略二～八節）

9.
終於在自己面前倒下的那人
狠狠地把右拳擊向鏡中
影像便消失了

太平間外
家屬正超渡著他的靈魂
有如超渡整個世紀的憂悒

——〈實習醫生手記〉

這首詩，有醫生對疾病療癒的感傷，有死亡的意象。疾病不只是肉身，而是靈魂，更是整個世紀的憂悒，這常讓我想到日本詩人田村隆一的話語：「如果你是詩人、醫生、軍人中的一種人，就更能瞭解人類悲慘的根源。」這句話出自經歷太平洋戰爭，面對戰敗廢墟的戰後代表性詩人，他以人類經歷兩次世界大戰而形成世界性，述說二十世紀的時代感覺。江自得既是詩人，也是醫生，某種意義上是對人類悲慘經驗有體悟的這種人。

江自得從第一本詩集就顯示他醫師的特性，從醫療體會人的病痛，並且延伸到台灣的課題。他看到許多傷口，他心目中的傷口不只是人的傷口，更是台灣這塊土地、這個國度的傷口。一九八〇年代末到一九九〇年代初，台灣解除長達三十八年（一九四九～一九八七）的戒嚴，他在一九八〇年代末的作品〈從那天起〉，指謂的是發生於一九四七年的二二八事件。以六節三十行呈現的這首詩，以「溪流失去了森林」、「森林失去了天空」、「天空失去了世界」、「世界失去了我們」、「我們失去了語言」、「我們失去了自己」，敘述歷史的轉折，「淡漠的生／淡漠的死」的結尾，也可以說是對一九八〇年二二八，林宅血案的心聲。以「為紀念一個可以寬恕但不能忘懷的日子而作」有這樣的連結。這是歷史觀照，也是傷痕民族誌的印記。

在第二本詩集《從聽診器的那端》更顯示出醫生的觀照，同為醫生的詩人曾貴海，作品反映的醫療情境不多，而是直接跳到社會運動的指涉；鄭烱明也不像江自得一樣，有較多的醫療事況的轉換，詩集《那天，我輕輕觸著了妳的傷口》、《從聽診器的那端》都直接取喻醫療。特別是後者，〈咳嗽〉、〈寒顫〉、〈活著〉、〈吐〉、〈喘息〉、〈心跳〉、〈心臟移植〉、〈腹瀉〉、〈癌症病房〉、〈試管嬰兒〉、〈休克〉、〈細胞培養〉、〈點滴液的哲學〉、〈你安睡在加護病房裡〉、〈我默默凝視你的X光片〉……都是。

在我譯讀世界詩的視野，捷克詩人賀洛布，是醫生，也是病理學家，詩裡以病理學觀照二戰後共產體制的困阨，顯示東歐國家詩歌的引人特質。我曾以〈從顯微鏡看到的歷史〉譯讀他的〈病理學〉，值得參照。

「貴族的胸靜止在這兒／乞丐們的舌頭／一般人的肺／告密者的眼睛／殉難者的皮膚／在顯微鏡裡／一覽無遺」

「我翻閱薄如舊約聖經紙頁的肝臟切片／在腦的白色紀念碑我閱讀／腐爛的／象形文字」

「看啊，基督徒們／天堂，地獄，和樂園／就在瓶子裡／而且沒有哭叫／甚至沒有一個信號／瘖啞就是歷史／勉強地／穿經微血管」

「平等的瘖啞，友愛的瘖啞／脫離誓死保衛的各種三色旗／我們日復一日／拉扯／智慧的細微之光」

——賀洛布〈病理學〉

賀洛布以病理學的視野看人與社會與國家。二戰後的東歐詩，藝術才具對映共產體制，產生許多優異的詩，值得經歷過戒嚴統治的台灣詩人借鏡。台灣的許多所謂的政治詩，常是戰鬥文藝的正反形式，有時淪為時事現象詩，或新聞應景詩。因為意涵的局限，無法在不同時空被閱讀。東歐國的詩人們留下許多戰後詩的見證，賀洛布更是以醫師、病理學家的特殊性，有一席地位的詩人。

江自得從聽診器的那端發現詩，留下他醫生詩人的見證，從聽診器，他不只聽到台灣，也聽到世界；不只聽到個人，也聽到人類。

〈從聽診器的那端〉

從聽診器的那端
冬天的早晨空蕩蕩
冷風吹得很懶散
一陣孤寂自亙古的洪荒向你襲來
籠罩著沉甸甸的烏雲的天空
開始感到些許焦躁不安的天空
因而抱怨起俄羅斯的政變，喬治亞的內戰
德國統一後的紛亂及蕭條景象

病中的早晨陰暗暗
思緒湧現得很靦腆
陣陣雨絲落在你傾斜的回憶裡
蟠據著黑魘魘的愛滋病毒的軀體
開始爆漲崩裂的軀體
因而憎恨起人類的偏狹，無盡的慾望
好勇鬥狠的習性

從聽診器的那端
我在你生命的底層細細傾聽
依稀聽到你DNA傳來死亡密碼
緊扣住遠方世界爭執的聲音

〈從聽診器的那端〉是觀照，〈咳嗽〉則是批判。疾病的隱喻，咳嗽的隱喻，都在世界許多國家的詩人借用。韓國詩人金洙暎（一九二一～一九六八）就在軍事統治時期的一首詩〈雪〉，隱喻專制壓迫，以咳嗽隱喻抵抗的聲音。每次想到在〈雪〉這首詩裡，他呼籲年輕的詩人「咳嗽吧！雪也許就會知道我們」，並說「咳嗽吧！……我們合力把整晚打擊我們心的／視線裡的痰吐掉」。詩人會借取各種物象成為隱喻，江自得的敘述特性有直抒心胸的習慣，他並不特別講究造型風格，而以發想概念直指主題。〈咳嗽〉直指戒嚴統治的禍害，他「拋出一串串／憤怒的咳嗽」，幾乎不像他行事作風，像是有痰在喉，不吐不快。

（前略三節十八行）
第一聲是
牙刷主義

第二聲是
黨國資本主義
第三聲是
他媽的爛主義
……

——〈咳嗽〉

江自得的詩業幾乎是不惑之年以後才形成的，也就是從一九八〇年代末跨入一九九〇年代初期。《從聽診器的那端》出版，已近五十之齡。戒嚴解除以後的社會，歷史反思，社會運動的勃興，行有餘力的他，從醫生轉而詩人為重。自台中榮總退休那年（二〇〇三年），他與曾貴海、鄭烱明三位醫生詩人，以《三稜鏡》出版合集，並且在抒情與歷史敘述，分頭並進。以《給NK的十行詩》，繼而《遙遠的悲哀》、《月光緩緩下降》詩集不斷交出作品。他寫詩像寫日記，喜歡音樂、涉獵繪畫的他，在語言的行句流露感覺型的經驗與想像——尤其是美意識——一種江自得式的觀照，或說江自得式的抒情。

《給NK的十行詩》的「給NK的十行詩」這一單元，是江自得美意識的顯露，並非取於現實觀照或社會探觸，而取於美術繪畫的女性描繪觸角。詩集並未對給予的對象提出註腳，或許因為這並未對閱讀產生隔閡，但仍過度私密。江自得自陳那分別是西班牙畫家莫迪里安尼（A. Modigliani，一八八四～一九二〇）的畫中女人珍妮和日本詩人、畫家竹久夢二（一八八四～一九三四）畫中的女人笠井彥乃。兩位畫家在西洋和東洋，畫中的女人別具韻味，分別有表現主義和東方美人畫的風格。江自得以三十首作品，觸及美的層面，展開他的美意識探索。美超越時間，意味著永恆性，相對有限的生命，醫生面對生老病死的無奈，超越時間的美的永恆性，彷彿是一種美。

他自述美的美意識，流露某種繪畫情境的追尋：「我發現了一種美——融合了莫迪里安尼女人畫與竹久夢二美人畫的美。它成了一個美的原型，居住在我內心深處，且逐漸成為我生命中最重要的存在。為了美，我無悔地跌坐在時間的長流裡。」他的美意識引喻了歐洲、日本的一些典故。而「時間軍記」的這一單元，他流露生命的憂傷，從花的開謝，從浪濤，從病榻男子，從嬰孩的哭聲，從X光片的腹瀉……詩中的「你」就是「我」的投射，這種以「你」為「我」的易位，在江自得詩中不斷出現。

這樣的抒情在台灣的詩極少，陳千武的《剖伊詩稿》以組詩形式書寫的是女性明暗心影，而江自得探觸的是美的永恆性本質。

〈時間筆記〉

——致NS

時間的顏色突顯詩的節奏
時間的聲音調整詩的色彩

當冬日，患軟骨症的陽光
斜斜射過你詩的長句
你心中的陰影
蓋過時間的顏色

（略一節四行）
（第九首）

〈給NK的十行詩〉
熠熠生光的是——美

是匍匐牆上一朵獨立自主的牽牛花
是沉浮天地間一粒自由自在的塵埃
是啞然飄落湖面上一枚認命的秋葉

是轟轟然墜落海上的悲壯夕陽
是令地球無端哀哀叫痛的歲月
是終於驚覺失去磁場的灰燼

是妳
是妳的矜持，妳的溫柔，妳盛開的花瓣
是妳的熱度，妳的能量，妳光耀的靈魂
（第六首）

美是江自得歌頌的主題，美是女性，是妳，既出現在莫迪里安尼，也出現在竹久夢二的畫中。江自得藉由美的觸探和梭巡，從現實社會歷史或人的情境，跨越或說提升到觀念性的思維，這應該是性格或氣質所致。莫迪里安尼和竹久夢二的二十世紀前期藝術情境讓處在二十一世紀初的江自得迷戀，某種浪漫主義心性的流露，呈顯了江自得的視野與心境，有時不免讓人感到太寧靜太寧靜了。

但是，聽診器畢竟有聽診器的回音。台灣的歷史際遇，在特殊歷史構造裡，從先住民、早期移入者，經歷日本殖民、戰後中國的類殖民，人、事、物、情、景……存在的傷痕民族誌，島嶼的自然生態，有某種聲音召喚著他。江自得先是從他的醫生前輩蔣渭水，找到遙遠的悲哀。以〈那些天，蔣渭水在牢裡〉、〈賽德克悲歌〉、〈永不消逝的水煙——致林茂生〉及〈從戶口裡消失〉，完成《遙遠的悲哀》。第一章節並由作曲家石青如合作交響詩，以清唱劇的形式演出，被稱為江自得歷史敘事詩的觸探。《遙遠的悲哀》四首詩後來被含納在江自得以台灣史敘事詩構之的《Ilha Formosa》，以五章分別是第一章「Ilha Formosa」以一～三十五形成的三十五首詩，第二章「梅花鹿悲歌」以A～F形成的六首，第三章「平埔祖先」有詩名的十五首，第四章以「荷蘭篇」、「東寧篇」、「清國篇」、「日本篇」、「蔣政權篇」的三十二首，這一章即含納了《遙遠的悲哀》諸章節，而以「啊，伊拉　福爾摩沙」第五章結束，篇章的篇目又不盡一致。

江自得的史詩企圖表露在《Ilha Formosa》這本詩集，《遙遠的悲哀》是較早的嘗試。他以蔣渭水這位日治時期因治警事件入獄，曾創辦台灣民眾黨的醫界先賢在監牢的經歷，加上霧社事件莫那・魯道的賽德克族悲壯歷史，再談二二八事件林茂生的受難，以及白色恐怖的災難，展開抒情的歷史敘事。一種悲哀的歷史回顧，隱含遙遠——或說被遺忘——的歷史。一種詩意的歷史敘事，以再現的方式呈繪聲影。

台灣的詩壇敘事詩較缺乏，以國軍文藝金像獎為名的鼓勵的敘事詩，是國策文學的陰影。昔日報紙有長篇敘事詩的比賽，在鄉土文學論戰後似有重建敘事詩的意味，但不了了之。講究詩質，對敘事詩存有偏見是原因之一。敘事詩，尤其是長篇敘事詩的復興，是許多國家的詩人有時會提起的課題。在台灣，一九七〇年代初陳千武曾有二四〇行的〈影子的形象〉，後來在日本詩人北川冬彥（一九〇〇～一九九〇）建議下，改為〈暗幕的形象〉，北川冬彥極力推崇，他可是執筆過〈長篇敘事詩的復興〉的一位重要日本詩人，但白萩以建築構造論對陳千武的這首詩有所批評。他引用日本詩人田村隆一的說法，以結構的美德，說「沒有技巧即沒有結構，沒有結構，也就無法建造一幢房屋。」以簡單的住宅和摩天大樓為喻，談談短詩和長詩。提及「《創世紀》詩刊上那樣一窩蜂地建造大工程，對我並非沒有誘惑力……但到現在我沒有一首所謂的長詩發表，……我對自己的語言還不太信任，如語言已可先分地表達我自己腹甲的那套精密結構。」並以之說陳千武的這首長詩。

陳千武也曾譯介過日本詩人茨木則子（一九二六～二〇〇六）寫被日本人強迫為煤礦工人的〈劉連仁的故事〉。在台灣，李魁賢寫過〈二二八安魂曲〉、林央敏的《胭脂淚》也有類似嘗試。比起幾位小說家的敘事詩流於分段分行散文，都較具詩質。不過江自得採取的並非大樓垂直大型化的構造，而是住宅群的水平大型化，以結構論來考驗，也許較沒有那些問題。以組詩的方式，而非長篇敘事詩的方式，江自得從《遙遠的悲哀》，再含納而成《Ilha Formosa》。繼而的《台灣蝴蝶阿香與帕洛克》，不只是歷史的，也是地理的。詩集中有四首長詩，分別是〈台灣百合〉、〈台灣蝴蝶阿香與帕洛克〉、〈潮間帶——南彰化海岸〉、〈台灣阿女〉。他的敘述脈絡擴大，歷史課題和地理課題兼蓄。百合是「妳」，蝴蝶是「妳」，潮間帶是「妳」，台灣阿女的謝雪紅更是「妳」。他的書寫觀照，以女性對象化，顯示的是同情也是移入。他也習慣將自己移位於「你」，進行言說。

〈序詩〉

長詩
妳的名字是開了花的岩石
妳的聲音淙淙流過焦急的字母
妳的眼睛在廣闊的秋天中
尋找一顆顆哀傷的心

噢，妳是空無，絕對的無
妳駕駛著一粒粒塵土的語言
穿過枯乾的街道
穿過枯乾的歷史
穿過枯乾的眼淚

——《台灣蝴蝶阿香與帕洛克》書序

歷史的焦慮洋溢江自得的詩行，他以「妳」說長詩，「開了花的岩石」意味著某種不可能而可能的言說。懷抱這樣的意念，江自得的詩的心情是「廣闊的秋天中」、「一顆顆哀傷的心」。他呼喚福爾摩沙：

福爾摩沙需要妳的美來創造一首詩
妳和小草們都清楚地承諾
為了希望和愛
彼此該和平地存活
而到了最後，也要祝福對方的死
到最後，妳們必然失去曾擁有的一切
——大地、河流、愛情、月光……

——〈台灣百合〉（五七二行取六行）

妳從帕洛克深邃的畫中看見了死
那死，是在草地上枯萎的夕陽
是在時間的懷裡被冷卻的火焰
是命運裡無法打開的繩結
是妳的困惑
是妳靈魂裡淤積著的詩句

——〈台灣蝴蝶阿香與帕洛克〉（四三〇行取六行）

蜿蜒的濁水溪把福爾摩沙
千萬年的喜樂與哀愁
沖刷至出海口，堆積成木訥的三角洲
啊，妳是她糾纏千萬年的
愛恨、離合、省思、靜寂、禪悟後沉澱下來的
潮間帶泥質灘地

——〈潮間帶——南彰化海岸〉（一三二行取六行）

（妳看到一種莊嚴的美站在那裡
以不同的立姿和表情
妳看到扁平的世界
種植著各式各樣美麗的思想
妳聽到許多首詩，被拆解成
獨立的音符
在街道上尋找窮苦的人民

串聯成一首新歌）

——〈台灣阿女〉（二二五行取八行）

《台灣蝴蝶阿香與帕洛克》比起史詩意味的《Ilha Formosa》組詩形式，更具長篇敘事詩意味，是歷史的觀照，也是地理的觀照。江自得的哲學性反思在他的詩行顯現，他的敘事構造並非由形象呈顯，而是思維的概念交錯穿插。〈台灣百合〉是地理的、自然的；〈台灣蝴蝶阿香與帕洛克〉取自生態，更連結到美國紐約派畫家帕洛克（J. Pollock，一九一二～一九五六），是抽象表現主義畫家，他的「滴畫」顯現超現實主義畫派影響，兼具自由、放縱的特色，畫面和色彩極具特色。江自得以之連結台灣與美國，甚至南台灣與紐約長島，一隻台灣蝴蝶與一位美國畫家的繽紛色彩相遇，甚至交會了死亡。而〈潮間帶〉的南彰化海岸是她——台灣「愛恨、離合、省思、靜寂、禪悟後沉澱下來的／潮間泥質灘地」、「按著福爾摩沙的腰肢」……「妳將被在化學與政客們強暴／妳將被貪婪的資本主義吞噬」。〈台灣阿女〉直述謝雪紅，從六歲的「妳」一直到一九四七年的二二八事件、二七部隊起義時，四十七歲的這位台灣女革命家的半生，都以「妳」指謂。一九四八年從台灣到中國投共到一九七〇年逝世，被打成右派，被開除黨籍，被多次批鬥的經歷，則被略去。謝雪紅以女性，台灣人的命運在江自得的詩行被描述。《Ilha Formosa》複製了歷史，《台灣蝴蝶阿香與帕洛克》則從歷史、地理、自然、人物對台灣思考和想像。江自得的詩讓我想到一位波蘭女詩人麗普絲卡（Ewa Lipska，一九四五～）的一首詩。

〈使者〉麗普絲卡（波蘭）　作

書寫以使一個行乞者
用它獲得金錢

並且讓死去的人
因它重生

——李敏勇譯

江自得在某種意義上也是使者。他從聽診器診斷台灣，呼喚福爾摩沙，在史詩或長篇敘事詩的書寫展現他的詩人之志，也建立了他詩的名聲。回頭看技巧主義者白萩在一九七〇年代初，對陳千武長篇敘事詩〈暗幕的形象〉之論，艱難的工程更要有有心人的投入。詩的抒情、描景、敘事、詠物……都有各自層面的挑戰。江自得挑戰了詩，也挑戰了自己。我曾為江自得稍早於《遙遠的悲哀》、《Ilha Formosa》之前的詩集《月亮緩緩下降》，以〈真摯的告白，別緻的時間筆記〉為題為序，那時，他已出版《時間筆記》和《給ＮＫ的十行詩》，說他詩裡「一顆心和一顆心不停怨懟／一個思念和一個思念擦身而過」是「自得調」，一種真摯的告白。

自得調有重有輕，重的在歷史，輕的在日常的巡禮，一種美的巡禮。日日寫詩，像寫日記一樣的江自得，詩作的末尾曾經留下時間註，常是一天一首接續或一天數首並陳，以手記形式，以俳句的三行詩形式，或以十行左右形式，有標題或無標題，像繳交作業一樣，留下許多作品，也出版許多詩集。與史詩題材和長篇敘事詩相對照，顯示的是一種美的日常巡禮。

《時間之書》以七十五則寫時間；《手記》以一百則留下隨興詩記；《現代俳句集》一樣一百則；《給Masae與兒子的十四行》，分別是給妻子的五十則和兒子的十則；《女人》則是有標題的二十首；《紅血球》二十二首，另收錄二十八首（有些來自其他詩集）；《論》三十四首。還有《Canzonetta》、《美麗島》、《二二八》……江自得的詩中常以「你」為我，直抒情懷，有時語脈不盡有喻示關聯。他的詩有時也顯示形容詞過剩的問題，為物象穿上裝飾性外衣而形成詩意。畢竟自我感覺的投射有時會成為習慣，繼而習慣把感情投射在觀照的事象。在他的《現代俳句集》第四十四：「原來你醉了／啊，秋天／果然已深了」，讓我想到林亨泰的〈秋〉。

〈秋〉

雞，
縮著一腳在思索著。

而又紅透了雞冠。

所以，
秋已深了

林亨泰的〈秋〉，以紅透雞冠的雞縮著一腳在思索喻示秋涼蕭瑟，有景象的觀照，江自得直抒情懷，缺乏詩的造型要素。江自得的詩集《論》，有一首〈自由〉，讓我想到法國詩人保爾．艾呂雅的一首同名詩〈自由〉。二戰期間，納粹占領巴黎期間，參加地下軍的這位超現實主義詩人寫過幾首詠嘆自由的詩，尤以呈現巴黎街道場城普遍塗鴉「自由」這兩個字的詩，最為人樂道。江自得的〈自由〉以「三月／笑容滿面的吉野櫻／讓你自由」、「夏日黃昏／燃燒著的地平線／讓你自由／……／那一天夜晚／痛快地做愛／你感到自由」六則，雖然可感，但未必是詩的可感。略嫌任意的詩行，有時會成為語言的某種暴力連結。美的日常巡禮會留下詩，也可能只是詩意的行句。在實證與觀念性交織的詩意吟詠中，江自得從聽診器診斷台灣，呼喚福爾摩沙，也有美的日常巡禮中留下詩的印記，他的詩意味著他的品性或說人格，相當真摯，具有人文關懷與哲學心思。

在隱形、變形、定形變易中，單純寫詩人的繁複形影

——絞盡腦汁，在古典語境和現實經驗編織符碼的蘇紹連

二〇〇四年，我編輯了新台灣詩選《啊，福爾摩沙》（本土文化），選了五十位不同世代詩人各一首詩，並附解說。這五十位詩人，包括台裔日本詩人增田良太郎，日治時期在台北就讀小學、師範學校的北原政吉，以及曾在台灣生活多年的韓裔日本詩人北影一。蘇紹連（一九四九～）也是作品收錄其中的一位詩人。

我這樣引述蘇紹連：「台中縣沙鹿人，現於家鄉附近的國小任教。畢業於台中師專的他，學生時代曾參與創立『後浪詩社』，後來並陸續參加許多詩社，但鮮少活躍於文學活動。目前並在網路架構詩平台，雖然隱身，卻穿行詩的電波之中。出版過《茫茫集》、《河悲》、《童話遊行》、《隱形或者變形》等詩集。自一九七〇年代末迄今，作品不輟。」

注意蘇紹連，是《龍族》詩刊創辦的一九七〇年代初、鄉土文學論戰前時際。那時候，高信疆、景翔、辛牧、蕭蕭、林煥彰、喬林、陳芳明、林佛兒、蘇紹連等人，以「我們敲我們自己的鑼，打我們自己的鼓，舞我們自己的龍」為口號，認為「詩人們必須走民族風格的路線，把握此時此地的中國，與自身所處的時代和民族攜手並進」，儼然有重拾《創世紀》拋棄的新民族詩型的樣子，而《創世紀》走向超現實主義，走入晦澀現代主義，正是一條相反的路。

《龍族》詩刊應該是鄉土文學論戰前夕，對關傑明這位新加坡大學學者批評在台灣的「中國現代詩」過度西方化的一種回應。因「縱的繼承」與「橫的移植」這種二分法，走向爭議的戰後台灣「中國現代詩」概念發展的詩壇，以現代對立現實，引起許多弊端。《龍族》的一群詩人，挾某種傳播條件曾經帶動議論風潮；但也因中國或中華民族論的視野或局限，在一九七〇年代末《陽光小集》一群更具有傳播條件的詩人群，揚起另一面大旗後，就被取代了。《龍族》和《陽光小集》在我論述中，成為一九七〇年代台灣民族論的分野。從中國的走向台灣的民族論視野是一種文化轉變，相應了政治的變化，鄉土文學論戰、中壢事件、美麗島高雄事件正是對映的形跡，台灣的中華民國被聯合國逐出，與美國斷交的國際形勢都影響了這個長期被戒嚴統治的國度。

屬於《龍族》成員之一的蘇紹連，其實很早就脫離。他以散文詩型，經營中國古典詩歌的意涵，以帶有某種超現實意味的黑色風格，被一些詩評家重視。《龍族》有些成員是我相同世代詩人，其中也包括多位曾經在《笠》活動後來退出。顯然，標榜的是既非《創世紀》引領風潮的現代主義走向，也不是《笠》的現實主義走向，而是想發展另一條路線，但「中國的」這一民族的風格取捨並未讓這一群敲鑼、打鼓、舞龍的詩人發展出新的標竿。

蘇紹連被我選錄在《啊，福爾摩沙》這本新台灣詩選的作品〈夜雨〉，距《龍族》時期已近三十年，有不同於他之前的風格。

〈**夜雨**〉

那一夜，雨把夜織在大地上
一針一線，努力的
織出一條黑色的地氈
地氈上還繡了一個人影

我站在門口迎接那個人影
我叫聲：阿公
他向我走過來，從我的後腦裡消失
我轉身，看到他在遙遠的年代裡走著
我獨自站在這端的九十年代末期
淋雨

他撐著一把黑色的傘
走過歷史的圖書館和哲學的廣場
走過思想的牢獄和生命的鐵道
雨把他織在夜的黑色地氈上

只要一閃電他就出現
我知道他是我的祖父

他沒有走回自己的家門
當路燈死在黑夜的懷抱裡
黑夜流著淚吻著路燈的臉頰
當路被夜行的警車抓走
世界便沒有路可走
那麼，我的祖父往哪裡去了

我獨自守在門口等候
當祖父的雨傘遺落在夜的黑色地氈上

〈夜雨〉呈現的是戰後台灣歷史的記憶。是二二八，也是五〇年代白色恐怖，敘述者的我與祖父——意味的是政治受難者，在下著雨的晚上的交遇。夢中顯示的是一種超現實的經驗，是歷史追記與凝視。

詩中的歷史圖書館和哲學的廣場象徵知識分子的經驗和形象，這正是戰後台灣政治受難者的普遍類型，他們大多因為思想的問題受難、遇害。夢中彷彿看見的阿公，並沒有走回自己的家門，甚至在彷彿向我走來時，從我的後腦裡消失，走在遙遠的年代。路消失於警車，世界沒有路，敘述者的我問「祖父往哪裡去了？」獨自守候在門口的我彷彿看到祖父的雨傘遺落在夜的黑色地氈上。

〈夜雨〉仍然有蘇紹連詩中善用的超現實手法，但處理的是極具現實性的主題，觸及的是戰後未清算的歷史中政治受難問題，台灣大量的知識分子、文化人在二二八事件、五〇年代白色恐怖中的犧牲。這樣的探觸，與《龍族》時期蘇紹連許多借重古典經驗形塑的觀念論式人間觀照，極為不同。凝視現實應該是解嚴後蘇紹連的新視野。

蘇紹連退出《龍族》後，在台中師專與洪醒夫等人重組「後浪詩社」並發行《後浪詩刊》，後又改名為《詩人季刊》。一九九〇年代，先後參與《台灣詩學季刊》，籌設《台灣詩學·吹鼓吹詩論壇》，顯示他在詩業、詩學的企圖心。他曾把一九七〇年代初期發表於《龍族》及其他詩刊的系列作品《河悲》，說是「終生追求的大河作品之一」，他所說的河是生命的喻示，是觀念之河，而不是現實的河、地理的河。河悲之悲，有蘇紹連詩中不停的追索，呈現的悲劇元素、心性。這些元素、心性，早已於第一冊詩集《茫茫集》，亦即《龍族》前後時期，即已存在。與其說是現實經驗，不如說來自中國古典詩歌情境的影響。

一九七〇年代初，「詩宗社」的成立，幾乎等同《創世紀》的變身，從超現實主義到純粹經驗論的提倡，反映了主導者洛夫詩風的變遷。提倡超現實主義，被質疑過度西方化，過度晦澀，轉向中國古典意味的變容，「詩宗社」短期的幾冊叢書：《雪之臉》、《花之聲》、《風之流》，有蘇紹連詩人起手式的原型性。超現實主義風格加中國古典詩歌意味，也是蘇紹連早期作品的屬性，這也成為台灣標榜現代詩卻又充滿中國古典詩歌情境的中文學界或說「中國現代詩」的牽絆。是觀念性的，而不是現實性的。

散文詩型在蘇紹連作品中有一定的分量，仿格律定型作品，在《河悲》系列也有所運用。這兩種形式有其不同，相對有差距，有文體的散文與詩的差異走向，但蘇紹連以超現實主義風格與中國古典詩歌情境加以調和。一九七〇年代，鄉土文學論戰前後的戰後台灣現代詩運動變遷中，蘇紹連的走向與《笠》或許多台灣的詩刊不盡一樣，他有會加入《龍族》的精神論立場和形式論立場；也有不同的立場，才又退出《龍族》，是意會論與言詮論走向的差異嗎？

〈七尺布〉

母親只買回了七尺布，我悔恨得很，為什麼不敢自己去買。我說：「媽，七尺是不夠的，要八尺才夠做。」母親說：「以前做七尺都夠，難道你長高了嗎？」我一句話也不回答，使母親自覺地矮了下去。

母親仍按照舊尺碼在布上畫了一個我，然後用剪刀慢慢地剪，我慢慢地哭，啊，把我剪破，把我剪開，再用針線縫我，補我，……使我成人。

長大的孩子，對視子仍小的母親的一種感懷心思，以七尺、八尺比喻布料與不同成長時期的關係。母親心中孩子就是孩子，永遠是長不大的孩子，但看剪裁布料為自己做衣的母親，剪破剪開再用針線縫補的辛勤歲月，是自己長大的過程，不禁哭了起來。這樣的情境其實隱含某種戲劇性的要素，這種要素，支撐蘇紹連散文詩型的作品。〈獸〉以小學教師與學生的文字學習為場景；〈削梨〉以水梨與自己的拳頭變易，白肉紅血互映；〈複印機〉以我與妻在生活中的沉重壓力互映。戲劇性的要素產生驚訝、哀愁的感應。

商禽的一些散文詩應該對蘇紹連有一些影響，但他的散文詩與商禽不同。商禽重於現實的詩意呈顯，但反過來，蘇紹連形塑詩意的現實。〈地上霜〉有古詩情境。

飛旋的一張單光玻璃紙，繞過簷角，叫出蝙蝠，繞過門框，叫出白蟻，繞過你身，叫出雙腳，繞過床前，竟跌成一地的霜。

……

你提了一盞燭燈走著血路，一步於窗下，照出花的聲音，三步於階上，照出廊的冗長，五步於鏡中，照出臉的冰冷，七步於床前，竟照見一地的霜。……

——〈地上霜〉

取「床前明月光，疑是地上霜」的古詩情境，成為《茫茫集》時期許多散文詩。詩情是古典的詩情，詩境是古典的詩境。這種詩情、詩境的詩意援引，在《河悲》轉為中國古典詩歌律則的形式安排，相當刻意。

〈河悲〉

河岸無樹
河水無聲
樹中有鳥
水是一切
鳥聲

河失兩岸
水淹漁戶
我來獨釣
釣起截截
肢體

彎彎河啊
曲曲河啊
我那弱心
也是一些
彎曲

現代詩的自由詩體化，含有語體的解放，但不免也因任意而失去修辭構造的要求，形成一些問題，再律則化並不足拯救詩歌的必要條件。相對於西方詩人拯救語言，對認知與實踐要求，對附和權力的謊言化、迎合商業媚俗化覺醒，再律則化常流於修辭層次，並非必要。蘇紹連也並未據守在這樣的再律則化。《河悲》有悲憫情境，但古意很重，呼應中國古典詩歌的詩人心。有對戰爭的凝視，像〈戰後〉、〈永遠的寡婦〉；有對俗世的同情，像〈賣唱〉、〈船伕〉。

中國古典詩歌的轉化，在蘇紹連作品中色彩濃厚，他也受西方的思潮影響，以米羅和畢卡索之名併合為「米羅．卡索」，在網路詩活動。東方古典詩歌情境和西方現代藝術意味交織，有他的詩性風景，兼具了縱的繼承和橫的移植的文學觀，觀念性大於現實性，重的是情境而非現實意味。他的一九七〇年代作品，反映了籌組《後浪》詩刊和《詩人季刊》的企圖心，雖然加入《龍族》，但詩風更近似《創世紀》詩人群，他在「詩宗社」的登場更顯示某些原型性。

戰後台灣現代詩史，經由《現代詩》、《藍星》、《創世紀》到《笠》，在一九七〇年代的漸層並陳形勢，蘇紹連成為某種特殊的存在。在一些評論裡，與羅青的後現代性、吳晟的返近代性也許被視為調合，成為在台灣的中國性和鄉土性對應形勢中，異軍突起的視野。

一直在中台灣的小鎮沙鹿，於國小任教的蘇紹連，其實也有地誌詩和為兒童寫的詩。雖然，他的詩路歷程在出發時有濃重的中國古典詩歌情境及轉化意味，但他畢竟有「鄉土」的一面，他寫故鄉沙鹿：「我的故鄉，它在轉變中，／當它用新的面目注視著我時，／我發現：／它不變的，／就是我的畫面。」（〈鄉土，你是我的畫面〉）一個小學教師，一個沙鹿人，交織在作品裡的孩童心、家鄉情，讓他的某些作品有不同的形色。這也是蘇紹連，但不盡是閱讀者印記深刻的蘇紹連。

〈風的手——給沙鹿的孩子〉

風，伸出了手
牽著你們奔跑
樹葉，是樹的翅膀
拍動著，想要起飛
稍一用力
翅膀就掉下來了

只有被風牽著
才能飛呀！跑呀！

（略第二節十五行）

風說：讓握著的手交互連結吧
不要鬆開來
樹握著雲，雲握著山，山握著明天
明天把手伸向遙遠的東方

（略五行）

然後，你們在手中傳遞一份消息：
「安徒生伯伯和楊喚叔叔都回來了。」
把這令人興奮的消息
透過風的手，散播出去
透過大家的手，散播出去

你們的手揮舞著
像一面小小的旗子
在風中熱烈的舉起

沙鹿，西邊是海，東邊是大肚山，海、平原、台地的地形、地勢讓沙鹿的孩子更感受到風。孩子在風中奔跑，飛呀飛呀！樹、雲交織的風景，視野裡有遙遠的前方。引出丹麥童話作家安徒生、台灣童話詩人楊喚，與孩子的心性互動。這首詩與蘇紹連諸多作品的沉鬱凝重形成對比，活潑輕盈，也許正是他作為教師與詩人的不同面向。

蘇紹連〈童話的遊行〉，以一個城市為場景，從「國王的新衣」之喻，「小野花又醒來了／看見百靈鳥被關在牢籠裡／因失去自由，啼哭了起來」，想要快些長大，但「到了聖誕節的時候／它是最先被砍掉的一株」，「兩隻白母雞拔光了身上的羽毛／是為了引起公雞注意而凍死了」，「亞蔴的花是有藍色翅膀的／它被扔到火爐裡燃燒了／它冒出無數閃爍的小火星」，「雪白的天鵝戴著王冠，為了得救／……／他們忍受著刺傷的苦難」，「她的兒子是一棵藍色的小花／在死神的溫室裡病得歪倒了」，「站在街頭的最後一夜／路燈回想起以往的各種事情時／它忽然特別光亮」。〈童話的遊行〉以一個下午的多次時間序敘述，從下午一時一分起，他在詩中引喻安徒生這位童話作家，結尾還以「下午六時三十分，沒雨沒陽光／一個從補習班出來的學童路過我身邊／我把安徒生給了他，以及這童話的下午」引喻一個教師對沒有童話，在補習班為升學努力的同情。

蘇紹連的童話幾近黑色的童話，不盡是甜美的，他的童話遊行是敘事詩。相映在〈玉卿姐〉、〈扁鵲的故事〉、〈父親與我〉、〈雨中的廟〉、〈深巷畫作〉、〈三代〉、〈台灣鄉鎮小孩〉、〈蘇諾的一生〉諸多作品之間，有戲劇的企圖。從一九七〇年代到一九八〇年代，幾乎是文學獎：時報敘事詩獎、新詩獎，甚至國軍文藝金像獎（這是有些配合戰鬥文藝國策文學的寫作）的見證。蘇紹連以「遊行的腳印」自剖他「一九四九年我出生開始，毫無停息地在時代的路上一步接著一步向前踩著；我在這無數的腳印中找到幾個深深烙印在台灣土地上的腳印。」說是他為之測量，製作的九隻鞋子。他的敘事詩系列作品和散文詩型作品交織，允為用心之作，絞盡腦汁，從中國古典詩歌情境和台灣現實經驗，編織他的符碼，講究詩藝的奇巧，他有語不驚人誓不休的傾向。他的古典和中國交互的詩情在一九七〇年代、一九八〇年代，呈現與民眾性、大眾詩的差異取向，是某種詩藝的堅持，或說也是某種詩學的限制。

曾以「隱形」、「變形」和「定形」自述寫作交織的蘇紹連，以「單純的寫詩人」自許。他在台中沙鹿的教師、詩人生涯，是單純的，但單純寫詩人的他，在台灣的詩壇並不盡單純。他的作品引起許多討論，形式發展與鄉土文學論戰前，甚至後來的台灣現代詩風發展有其反差和執著。蘇紹連凝重，與他同世代、年齡相近的羅青輕巧。蘇紹連以驚心取勝，羅青以詼諧突出。兩人應是後現代派，面對戰後現代主義走入困境的反差。蘇紹連被《創世紀》風推崇，羅青被《藍星》風推崇，有以致之。

在〈鄉土，你是我的畫面〉中，蘇紹連述說了自己的心聲。他以一個繪畫工作者的角度，從「畫廊裡，歐美街頭徘徊的一幅幅各種主義的框子」，「宇宙的光影」和「世界的叫喊」的凌亂畫面和夢，「在歷史裡找老師」，「老師一心一意的，擁抱著傳統」的「迷失畫面」，「我想畫的，不是那麼孤獨而晦澀的自己，不是那麼奧壯而痛苦的自己」……到「我想，我要再一次出去追尋，漫長的旅途從早晨開始，乘車，步行，經過一鄉又一鄉」：

我狂熱的畫著草圖，
沿途的人民生活，
風雨中的土地，
都是我的畫面嗎？
旅途的最後一站，
竟然是我的故鄉，我回來，
三十年了，我說不出多麼高興啊。
當它用新的面目注視著我時，
我發現：
它不變的，
就是我的畫面。

——〈鄉土，你是我的畫面〉

〈夜雨〉似乎標示著某種轉變，從台灣的中國性到台灣的本土性。蘇紹連不停地穿梭，觸探，他一路走來，並未在定點安置自己。進入二十一世紀，為台灣鄉鎮小孩，為草木寫詩，也在《吹鼓吹詩論壇》為「台灣詩學」努力。他的詩是他的夢想。

現實的寓言，寓言的現實

——陳鴻森民族論、國家觀的歷史正反虛實光影

陳鴻森（一九五〇～），二十歲不到，就發表詩作。他的第一本詩集《期嚮》，一九七〇年二十歲時，由笠詩社出版，散文詩的形式，以戲劇性發想取代詩行斷與連的構造要求。後來，收錄在《陳鴻森詩存》（二〇〇五）的相關輯作，都是。他曾以〈變調之鳥——商禽詩集《夢或者黎明》〉（刊於《笠》五十一期，一九七二年十月號），顯示他對以散文詩出眾的商禽詩想、詩型的關注。此期間，他捨一般高中、入軍校就讀，異於一般人的成長歷程。詩的練習曲出版於不馴服、叛逆的青少年期。這期間，他並曾與軍職詩友沙穗一起創辦「盤古詩社」，創《盤古詩刊》，大有與西方化的《創世紀》互別苗頭的壯志。但不久停刊，《笠》成了他積極參與的園地。一九五〇世代的他和同齡的郭成義交好，與一九四〇世代的拾虹、我、陳明台、鄭烱明也成為莫逆。二〇〇五年，我編《複眼的思想》，原以拾虹、我、陳明台、鄭烱明四位四季的詩人作品為主，後來加入曾貴海、江自得、陳鴻森、郭成義，成為戰後世代八人集。從一九七〇年代、一九八〇年代，我們在《笠》的經歷投影其中。其中，曾貴海、江自得主要的登場時間在一九九〇年代以後。

《雕塑家的兒子》是陳鴻森的第二本詩集，出版於一九七六年，為他建立詩人位置。他以

〈生的破滅感底發現〉為後記，述說詩情詩想，顯露在台灣戰後詩裡少有的戰後性。在既非戰勝，又以戰勝視之；既非戰敗，又像戰敗，糾葛於跨越語言世代與跨越海峽世代錯綜歷史的詩史狀況，戰後——被去日本殖民記憶和被中國化束縛，都被以戒嚴體制反共國策壓迫。

〈魘〉交織在「在戰後的破敗裡／一九五〇年」、「是在戰後的／一九五〇年嗎」、「一九五〇年／我被出生了」的身世敘述裡。五十五行的身世追尋，他不只探求自己，也追索父親世代的「他們」以及之間的「他」，並以「是否我不經意描繪的／他／正是我那／不眠的前生呢」留下疑問。這首詩是為沒有自己「戰後」的台灣重建記憶、代父發言。現實的陳鴻森父親，也許交織著詩的陳鴻森父親——陳千武。在〈信鴿〉裡，把死亡留在南洋忘了帶回來的陳千武，也在小說《獵女犯》留下太平洋戰爭經驗，更有被殖民統治的傷痕印記。

雖然不曾經歷過戰爭
但在我眼前
卻常會浮起——
許多聲音闃寂了
許多價值和依靠崩潰了
以及到處漂浮著
集體的　年輕的死的幻影

在戰後的破敗裡
一九五〇年
（略十三行）
一九五〇年
我被出生了
（略二十行）
是否我不經意描繪的
他
正是我那
不眠的前生呢

〈魘〉的開頭，不曾經歷過戰爭的我，眼前常浮起集體的，年輕的死的幻影。歷史的夢魘，在戰後嬰兒潮一代的我——陳鴻森浮現，許多以台灣人日本兵在太平洋戰爭死於異國他鄉，他們是父親那一世代的歷史，而活著回來的人們，「生／只剩下／行走在異鄉的感覺」。

結尾，追問自己，是否「他」是「我」不眠的前生。這種代父發言的情境，正是跨越語言世代的困境所顯示的歷史性。台灣的戰後詩沒有鮮明的戰後性格，某種原因在於戰後再被殖民的二二八事件、一九五〇年代的白色恐怖，以及其後長期的戒嚴統治體制，加上台灣從日本殖民的日本語化到戰後再被殖民的中國語化，經歷的失語、跨語歷史困境。一九五〇年出生的陳鴻森，父親的一代正是台灣在日本殖民時期參加太平洋戰爭的那一世代，陳鴻森的父親是《笠》的跨越語言世代詩人們，也是。少年投身軍旅的陳鴻森，在模擬的戰爭與遺留在歷史的戰爭，體會戰爭的夢魘，一九七〇年代初，他二十多歲之齡，就以咀嚼太平洋戰爭的歷史構築他詩的碑銘。

〈雕塑家的兒子〉十章，近兩百行。他以父親、我、母親，形塑藝術與現實的情境。父親，為完成女體塑像而工作不已；「我，頑劣、叛逆，與父親相互違逆」；而「雪的美以及冷冽，是生下了我之後的雪夜，發瘋不見母親」，完成塑像以後的父親死了，成為孤兒的我，在飄落的雪花中感知母親的語言以及慰撫，乞過、偷過、搶過的兒子，在監獄的高懸小窗看到暗淡日光，彷彿凝視自己的溫柔眼睛。結尾的行句，自己、母親、父親彷彿相聚在一起。

這晚，我忽然夢見

那雕像　一步一步地
向我走近
伊眼眶慢慢地滲出了淚，
而老傢伙詭譎地　在我身後笑著
在我四周

〈雕塑家的兒子〉是一個不馴服、叛逆的兒子經由雕塑家父親在造型藝術鍥而不捨努力的狂熱，以及母親的感性，形塑了美的追尋途徑。陳鴻森的歷史意識和造型意味，交織被殖民情境的反思，以及敘事形式。他早期的散文詩行，不無對商禽的借鏡、致意，也一直是他詩作的形式況味。他對《笠》白萩前輩詩人的技巧至上論，講究行句的斷與連，應不若對陳千武的歷史感、現實論有興味。陳鴻森的詩，不在行句的造型性，而在思考的情境、戲劇性意味。形式上，彷彿是散文的，但本質是詩的。

陳鴻森在詩集《雕塑家的兒子》後記〈生的破滅感底發現〉的一段述說：「我並不迴避我詩中的敘述成分。小野十三郎曾引申P．梵樂希『要構築絲毫不會有詩以外的事象底詩是不可能的』慨嘆，而提出了『懼怕散文性的思想，便不能形成詩的思想』的論說，畢竟，敘述性是作為詩的『核』底異質性，與人間性尋求連帶的不可或缺之黏劑。／在方法論上，我意圖以敘述性來實踐我的詩底社會性連帶，而在精神論上，我則以之來挽回——被現代主義亞流所放逐的——詩中的日常論理性。」

〈幻〉是以女性敘述者言說的帝國魘夢。結婚八個月，丈夫就在「出征在今朝／忠君衛國／誓死不復還」的歌聲中，以台灣人日本兵加入南洋的戰場。「夜裡／我夢著他滿身血跡／夢著燒傷的皮膚的焦味／夢見剛死者敞開的口／以及映照著屍骸的／夕陽……」

以四章，近乎一百六十行，交錯在前後段以詩性行句和散文行句的情境，演示丈夫從軍出征戰場、妻子凝望想像的閨怨紀事：

一個黃昏
在焦灼的困頓裡
我忽然看見了
某種暗光
閃爍地召喚著

模糊的意識裡　我知道——如果丈夫的時間已然靜止　那麼此刻定是他來攜我同行
逐漸地一片死魚的肚白色　淹沒了我的錯覺……

以〈魘〉，一九五〇年出生的陳鴻森，連帶父親世代在太平洋戰爭的歷史，並以〈幻〉，呈現夫君在太平洋戰爭的人妻心境。陳鴻森是陳千武之後，戰後台灣現代詩對太平洋戰爭的歷史裡失憶症的某種救濟，補強了戰後性的欠缺。他的〈雕塑家的兒子〉，則是一種藝術論，呈顯他詩人的造型和批評視野。

一九七五年，陳鴻森從軍中退伍，進入台灣大學中文系，並在翌年（一九七六年）出版第二本詩集《雕塑家的兒子》。脫學院體制的陳鴻森，進入學院，且在經、史、子、集為重的中文系，展開了他另一種詩路歷程。他更於完成大學學業後，遊學日本東京大學，以治經學，讀《莊子》、《荀子》薰陶自己。陳鴻森的學院歷程，從就學者而研究者、為人師，異於體制之路。他以〈孟子「百畝之糞」論語「五穀不分」會解〉、〈論語子罕章訓解檢討〉二文，被引介文史耆老陳槃、王叔岷、李孝定諸氏，獲連署推薦，並經中研院史語所審查投票通過，被延攬，破格任用，進入中研院史語所，從助理員，而助理研究員、副研究員、研究員，並兼在許多大學任教，治經史，也教授、指導戰後台灣詩史相關課程。陳鴻森兼具詩人與學者的轉折之際，他的詩，從太平洋戰爭經驗延伸至戰後台灣民族論和國家論的雙重視野，以寓言的現實和現實的寓言，交織歷史與政治的荒謬、悲哀、苦楚、虛妄。

〈驢〉

人們用——
生活堅忍的意義

捉了牠
遠的封建時代
前近代

（略一節三行）

釋下歷史沈重的負荷
反而喪失了
生的平衡
畢竟，驢並不懂得
「解放」的意義

一九八〇年代初，陳鴻森的詩對中國的封建性文化心性有所解剖。〈驢〉這首詩，寫於遊學日本時，批評了中國的奴隸性格，即便進入近代社會仍無法以個人承租權利和責任的性格。從國民黨中國標榜的「民主」到共產黨中國標榜的「解放」，中國人的民族論，並非傳統學究恭維的衣冠面目，而是殘存著落後性。

一系列的「生肖詩」，在從日本回台，任職於中研院史語所的一九八〇年代初，即已寫成，陸續發表。此期間，多位台灣詩人也有〈生肖詩集〉，以生育探究人間，喻示現實，各有觀照的視野。

——〈豬〉

連苦悶也無法發洩的
我們的雄性早已被閹除
日日懶散地咀嚼著
那被倒放在食槽裡的
主義和社會福利的餘餿
沒有感動沒有安慰
甚至沒有一點哀愁的感覺
（略二節十四行）

（前略一段八行）
統派　被關
獨派　也在牢寵裡

雖然，我們已無
革命的勇氣
但，爭辯的意與
則絲毫不減
（略二節十三行）

——〈雞〉

因為我們
從不反抗　以及
安於順從的習性
在西方世界
我們的兄弟
被選為基督的子民
而在古老的中國
我們成了
吉祥的象徵
（略二節十一行）

——〈羊〉

（略一節）
隨著體制的成立
我們鼻孔被穿上了
共識的繩索
然後，各自架上
體認時艱的軛
馱負著
載運他們回鄉的重荷
（略二節十四行）

——〈牛〉

陳鴻森的〈生肖詩集〉，不僅刻畫生肖的動物性，更直指社會性、政治課題。但與其說是政治，這階段的批評、反思，指涉的仍是文化，是對中華文化體質的深層觀照與凝視，是對民族性的省察，既有抵抗性，也有自我批評意味。他的視野既是歷史的，也是現實的。被閹割的公豬，日日惰散地咀嚼；被關在宰籠裡的雞，已無革命的勇氣，但爭辯的意興絲毫不減；不反抗的羊，成了吉祥的象徵；牛各自架上體認時艱的軛，馱背他們回鄉的重荷；〈生肖詩集〉讓閱讀者看到了你、我、他的民族論、國家論困境。這樣的問題意識並沒有被大多的評論家、研究者看見。

一九八〇年代，是從美麗島事件起的民主化進程，詩裡指涉政治的現象甚至有「政治詩」的風潮，但一些政治詩常常只是有社會指涉或批評的作品，不盡是政治詩，也不見得指涉多少政治批評。陳鴻森相關的政治詩被忽略，顯見詩選主編人、評論家、研究者的失職。〈比目魚〉被選入《一九八四年台灣詩選》（前衛），算是對陳鴻森詩作政治意味的某種發現。以比目魚這種兩眼均在左面的「鮃」與均在右方的「鰈」，分喻中國共產黨與中國國民黨這兩個一丘之貉的政黨，不只意趣橫生，也鞭辟入裡。觀察這麼入微，引喻這麼見骨，令人驚嘆。

〈比目魚〉

由於不同的視界
和意識型態
比目魚終於宣告分裂
成為左右各別的兩個個體
牠們各自拖著半邊的虛幻
踉蹌地

向著自己視界裡的海域
游去
（略一行八節）
三十多年來
一直共有著同一名字的
左鮃右鰈
由於異向的游程
牠們之間
終於形成了
一個寂寥的海峽
（略一節十一行）

國民黨中國和共產黨中國，在一九八〇年代各自壟控黨國，分隔在台灣海峽兩邊。仍未解除戒嚴的台灣，但已是美麗島事件發生後，對黨國政治謊言不再相信，不再沉默以對的時代。

民眾詩興起，有的詩人依恃左派，但只依恃在中國共產黨的立場，共產黨中國的立場指涉政治；有的詩人則流露口號，形成與反共國策文學相異的另一種戰鬥詩。陳鴻森從他在經史子集的學養，借喻引喻，探察、批評了政治現實。

〈白狗黑〉以鏡子的忠實反映、沒有聲音、糾集權力之強光，以及反面化一如政治宣言，諷諭流亡殘民的現實；〈火不熱〉以敗北並不是敗北者的責任依然年年慶祝，綻放信念的煙火，在島上十月的蕭瑟涼意中，面對美中聯合公報和日本篡改歷史的無奈；〈狗非犬〉則諷刺講究名分大義的中國，「狗」和「犬」分裂在對立陣營的政治；〈卵有毛〉直指中國的革命和反革命；〈雞三足〉嘲諷逃難流亡政權長出第三隻腳，在風雨如晦中啼唱，聊以自慰；〈郢有天下〉，直指流亡中國，在台灣的土地複製中國地名自以為是天下格局與況味。〈諾亞方舟〉觀照被舊日盟邦斷交，被聯合國逐出孤立的政治處境。寓言與現實交錯對映，在戒嚴時期突顯政治的荒謬性。

〈郢有天下〉

我們以著
故國的地名
為這個城市的街道
重新命名——

總算，還能勉強顯露些
天下的格局
與況味

然後，各自在
家居的牆壁上
盡量張掛著
大幅的
中國地圖
讓我們暫時忘卻
土地的窄迫

這便是我們的名實論
以及用以抵抗
鄉愁的
最後的戰場

以春秋時代，楚國都城「郢」，愛用《莊子．天下篇》的辯說，述及國民黨中國流亡來台後，於台灣各地城市，用中國省分、城市為街道名的政治格局，諷喻了國民黨中國在台灣的中國觀。一九四九年，被中國共產黨推翻，流亡在台灣的中華民國，始終未能台灣化。名實的辯說，鞏固了自我的謊言，戒嚴體制強化了權力，有其文化因素。郢，一小國也，藉辯說以為握有天下。中國的知識論成為中國統治權力的精神牢結。國民黨中國對內是這樣，對外也有一套世界觀，反映在〈諾亞方舟〉的是另一種困境。

〈諾亞方舟〉

我們在地圖上
將那些被統戰了的
舊日盟邦
一個個的
用藍墨水將它塗去
頓時　整個世界
已泰半沈沒在
洶湧的波濤裡

（略三節二十九行）

不知何時
我們也已困倦的睡了過去
當我們在熹光中醒來
那是一處
在世界地圖以外的荒灘
我們看到
零落橫陳在岬角處的
自己的屍體
我們看到
一些細微的嫩芽
自我們那失血的手腳爪端
抽生

〈諾亞方舟〉喻示台灣的中華民國國際困境，他以「我們」喻示自己，而不是以「他」或「她」，與一般站在本土立場，以台灣自我主體性的角度不同。是刻意將「他者」包容在「我們」之內，或以「他者」為我的述說？是另一種課題，各具視野。流亡殖民的歷史顯示的某些淒涼，印記在台灣這個不盡脫離亞細亞孤兒的島嶼，在一九八〇年代的時代光影裡，留下一位戰後世代台灣詩人，詩的歷史見證。詩，比歷史更真實。

一九八七年，我在〈詩的政治觀察〉舉陳鴻森〈比目魚〉、〈郢有天下〉及〈諾亞方舟〉、〈眾神的世界〉四首詩申論。其中〈眾神的世界〉是以當時內政部長林洋港回應國會議員批評長期戒嚴的「戒嚴百分之三」謬論，諷喻統治體制的權力謊言。這首散文詩，五節，以日與日交接的子夜零時，統治的眾神為交接的位次，互相排擠、計算。以「有幾個神　掉了下來　一個　兩個　三個……在那戒嚴百分之三的暗夜裡，拖曳著長長的尾光」直指黨國統治的政治景況，而沒有得到接班權力的政客們，「成為隕星　拖曳著尾光　沉沉地　落向世界　丈量著　虛空的高度天上的一日　據說是人間的六年」，在現實裡是戒嚴時期總統任期的一任六年。李登輝在那時期被蔣經國指定為副總統，形同接班人。當時，行政院長孫運璿被認為也是接班人選。未獲提拔，發生中風病變，正是從雲端掉下來的眾神之一。

一九七〇年代，陳鴻森在詩集《期嚮》之後，以《雕塑家的兒子》建立他詩人位置，他替代父親世代的太平洋戰爭歷史發言。一九八〇年代，成為鑽研經史子集的學者之後，留下充滿寓言的現實論，以及現實的寓言論詩作品，呈現了政治見證，既是批評，也是同情。二〇〇三年初，在中研院史語所一場座談會，歷史學者盧建榮聚集了《笠》同仁李魁賢、李敏勇、陳明台、郭成義，以及陳鴻森，和他指導的博士生阮美慧，一起以〈傷痕民族誌〉，討論了陳鴻森的詩。他的民族論和國家觀在詩人和歷史學者的視野裡，有獨特的觀照。陳鴻森在那次討論會，回應朋友們，說：「我這一生重要的是那時候偶然寫下的這些詩，而不是這二十年來寫下的那些學術論文。」但成為學者的陳鴻森，以學術研究，教學授課，演講為重，及至二〇一〇年，屆齡在中研院史語所退休。一九九〇年代以後的陳鴻森的詩學，只留下一些雜感。一本《陳鴻森詩存》（二〇〇五）算是他詩的見證，記錄了一位戰後世代台灣詩人在一九七〇年代、一九八〇年代的詩之印記。

〔附篇〕

戰後台灣詩的民族論分野

——《龍族》和《陽光小集》

《笠》成立、創刊的那年是一九六四年，吳濁流的《台灣文藝》是一個對照，分別是詩與小說。而彭明敏教授和兩位學生的〈台灣人民自救運動宣言〉則是時代標竿。《笠》的結社、創刊，對戰後從《現代詩》、《藍星》到《藍星》、《創世紀》引領台灣詩風潮的形勢，是一種挑戰，也顯示一九六〇年代中期，終戰二十年後，台灣的文化與政治氛圍逐漸浮顯台灣性；這在一九四五年到一九六四年之間，是被壓抑的。

不只文化，經濟方面也可以看出黨國壓制的鬆動現象，一些經營特許權的開放，像金融、保險，日後都發展成財團。統治體制即使仍實施戒嚴，卻不能不以此拉攏人心。相對於《笠》在文化領域，五十多年來仍只能辛勤墾拓，得到特許權在金融、保險或其他產業發展的財團卻各自撐開一片天，可以想見文化和經濟的差別景況。

一九七〇年代初，《詩宗》的結社、發刊，雖僅數期，但我認為那是面對本土詩以《笠》為主的一種結合。雖以《創世紀》、《南北笛》為主，其實是中國來台詩人的新陣地。《詩宗》有開宗立派的涵義，一如《創世紀》的大志向，比起《藍星》的抒情、婉約，是另一種面向。而純粹經驗論的主張得力於葉維廉的詩學，成為《創世紀》自新民族詩型到超現實主義的再次轉折，以洛夫撐大旗。《詩宗》並未持續多久，是因為報紙副刊逐漸取代了詩刊，成為發表詩的園地，也因為文化與政治氛圍的改變。

《龍族》和《陽光小集》的結社、出刊，是既不信服於《藍星》、《創世紀》，也不見得信服於《笠》的不同新世代意志的展現。《龍族》創刊的一九七一年一月一日和《陽光小集》創刊的一九七九年十一月十七日，分據一九七〇年代頭尾，來勢洶洶的前後新世代，在各自的立場提出各自的主張。時代形勢再也不是黨國化統治體制能全然掌控，新的聲音既挑戰了中國來台的詩社詩刊，也挑戰了本土崛起的詩社詩刊，顯示了某種歷史發展的正、反、合辯證法形貌。

從這一種現象來看，我一九七一年在《笠》發表〈招魂祭〉，可說也是一種大逆。但我並未參加其他新興詩社、詩刊的起事，只在《笠》這個本土代表性詩社、詩刊發表新世代聲音。《笠》有前行世代，包括一九二〇世代的詹冰、陳千武、林亨泰、錦連、陳秀喜、杜潘芳格等，也有一九三〇世代的趙天儀、白萩、李魁賢……甚至三〇世代末、四〇世代初的非馬、許達然、杜國清……在《笠》的陣營卻挑戰了詩壇的霸權，這讓我想到吳晟。

吳晟，若以他出現於詩壇，形同出身於《藍星》，卻一直未真正加入詩社，《笠》創刊後也常在這個陣地發表。他默默地耕耘，終於在鄉土文學論戰的時際成為余光中口中台灣新鄉土詩的起點，余光中用來漠視《笠》自一九六四年以來的十多年努力。後來，得到瘂弦的器重，在《幼獅文藝》以及《聯合副刊》重點登場，並得到陳映真以左翼文學論的大力推崇，甚至還獲得《創世紀》得自吳望堯支持的詩獎。這是相對於一九七〇年代前後期，《龍族》和《陽光小集》新世代結社發聲的另一種不結盟形貌。

《龍族》創刊於一九七一年三月，一九七六年五月停刊，成員包括辛牧、施善繼、蕭蕭、林煥彰、喬林、景翔、黃榮村、高信疆、蘇紹連、林佛兒等。陳芳明闡述的《龍族》的〈新的一代新的精神〉：以「開放、兼容並蓄以及民族風格路線，把握此時此地的中國與自身所處的時代和民族攜手並進。」詩刊封面以「我們敲我們自己的鑼，打我們自己的鼓，舞我們自己的龍」為號召。明顯是中國的，也有些《創世紀》初創時的「新民族詩型」和另類註解。

一九七三年七月，《龍族》第九期推出「龍族評論專號」，明顯呼應了關傑明在一九七二年二月間於《中國時報．人間副刊》，以〈中國現代詩的困境〉與〈中國現代詩的幻境〉引發的一場現代詩論戰，但這場論戰延續成鄉土文學論戰，擴大到小說。《龍族》的聲音因為成員中高信疆主編《中國時報．人間副刊》有傳播條件的掖助，看得見烽火。但中國民族論的立場，顯然未能對戰後台灣現代詩的發展真正開出新路。

彭瑞金以「龍族詩社的民族風格、現實關懷，雖然與現代詩西化派的『國際化』與『世界化』傾向對應，但是仍然沒有扎根在台灣這片土地……沒有辦法改變國內現代詩創作的晦澀貧乏」評論「龍族詩社」。而後來成員中的辛牧、蕭蕭、蘇紹連加入《創世紀》；喬林加入《笠》；施善繼則成了陳映真的同志、服膺者，從更早時期的現代抒情轉向左傾化社會關懷。

鄉土文學論戰是《龍族》停刊之後，一九七七年發生的。黨國體制的國策文學視社會寫實的文學發展為附和中國共產黨工農兵文學現象，不反思台灣的資本主義化導致的社會問題，發動批評攻勢。彭歌、余光中成為引爆人，引發反彈。儘管論戰重視現實關懷，並未真正強調台灣性，仍明顯地立基在中國民族論的思維，但是中國國民黨的國策文學指導顯然並未得到支持。在野力量與執政的中國國民黨對立關係顯現在不同的國族論，也對抗黨國論。後來，才逐漸又分裂在台灣文學論和中國文學論立場。

《陽光小集》應該是一九七〇年代與《龍族》相對重要的詩社、詩刊。以一九四〇世代為主體的《龍族》和以一九五〇世代為主體的《陽光小集》，以鄉土文學論戰為分野，標示著從中國論走向台灣論兩個座標。一九七九年十一月十七日成立的《陽光小集》，成員有向陽、張雪映、苦苓、李昌憲、林文義、林野、陳煌、陳寧貴、陌上塵、劉克襄等，他們有詩人、報導文學作家，領域更廣泛，這時際，已近一九八〇年代，一九八四年六月停刊。

以多元化和社會化為方針的《陽光小集》，成員更具大眾傳播條件，向陽、林文義、陳煌、劉克襄後來都在報紙副刊擔任編輯人，深知傳播策略。苦苓在黨外雜誌以筆名發聲，犀利議論時政。一九八二年第十期刊出「當代十人詩人」票選結果，一反從前前輩詩人編選年度詩的指導性，改為臧否前輩詩人地位反制。這一群《陽光小集》的成員，挾著各自在報刊的編輯人地位及傳播條件，有許多位成為一九五〇世代有光點的詩人，越過《龍族》群，在一九八〇年代中期停刊以後，在詩壇具有位置。從此，詩刊的地位甚至不如報紙副刊，新崛起的詩人更多是從報紙副刊登場。

一九七〇年代是台灣現代詩從中國座標轉向台灣座標的分野年代，以《龍族》和《陽光小集》為台灣詩壇從中國論轉向台灣論的代表。這似乎也呼應政治的分野。一九七七年發生中壢事件，一九七九年發生美麗島高雄事件，中國國民黨的統治體制受到挑戰。這與一九七一年，中華民國被逐出聯合國會員國地位，也失去常任理事國的地位，台灣逐漸想掙脫戒嚴統治的桎梏，民主化的要求再也不是統治體制所能壓抑的。

《龍族》的時代，一群一九四〇世代詩人曾經想以中國的民族性與所處時代連結，用某種縱的繼承去改善台灣現代詩的疏離於生活領域而導致的晦澀現象，但並未真正有助於詩的重建。中國性或中國論並未被視為改善處方，也非進步視野。稍後的一九五〇世代一群詩人，轉化為台灣性或台灣論的視野，把民族的性質轉化為社會的性格，這就是《陽光小集》與《龍族》不同之處。但一九七〇年代末的政治改革運動正與統治體制的主宰制角力，《陽光小集》因第十三期「政治詩專輯」出版前後的一些風風雨雨，導致詩社解散，以停刊收場。

一九七〇年代，既是統治體制權力被改革力量鬆動化的年代，也是台灣從一九六四年彭明敏教授與兩位學生發表〈台灣人民自救運動宣言〉之後，更因為「中華民國」的國際地位逐漸受到挑戰的年代。從一九七一年的聯合國常任理事國及會員國地位失落，到一九七九年被美國斷交、改革運動興起；一九七九年的美麗島事件，即便以軍法及一般法庭審判事件參與者，但並未能壓制改革運動的香火。一九七〇年代前承一九六〇年代，後繼一九八〇年代，如果從文化來看，或從詩文學來看，《龍族》和《陽光小集》正是這種趨勢與走向的兩個具有特徵的座標，具有時代性和世代性。

以戰後台灣詩的民族論分野來看《龍族》和《陽光小集》，正是台灣這個以中華民國為名的政治體從中國的國家不得不走向台灣的國家的象徵性變遷。《龍族》仍崇尚中國民族性，但《陽光小集》明顯的展現台灣的社會性格。一九四〇世代和一九五〇世代的不同民族論，是隨著時代變遷、移動的。

儘管一九七〇年代，也有許多詩社成立，創辦詩刊，也有一九四〇世代或一九五〇世代的參與，但在某種意義上而言，都不像《龍族》和《陽光小集》的詩史地位。這既是兩個詩社成員的成分，也是兩個詩刊的創作與評論走向造成的。回顧戰後台灣詩的一九七〇年代，《龍族》結束於一九七〇年代，《陽光小集》從一九七〇年代末開始，結束於一九八〇年代中期。從一九七〇年代而至一九八〇年代，《陽光小集》停刊後的次年，台灣就結束長達三十八年的戒嚴，政治改革進入一個新時期。文化的變遷反映在詩文學的是從民眾性到大眾性的發展。民眾性具有政治性格，而大眾性則是消費社會影響。這是另一種問題，政治與反政治，以商業化因應文化與政治。但民族論畢竟從中國走向台灣，是否具有文化高度則又是另一種問題。

九　歌　文　庫　　1　3　8　3

戰後台灣現代詩風景 2——多面向的詩情與詩想

國家圖書館出版品預行編目 (CIP) 資料

戰後台灣現代詩風景 2：多面向的詩情與詩想 / 李敏勇著 . -- 初版 . -- 臺北市 : 九歌 , 2022.07
面；　公分 . --（九歌文庫；1383）
ISBN　978-986-450-457-2(平裝)

1.CST: 臺灣詩 2.CST: 新詩 3.CST: 詩評

863.21　　111008130

作　　者——李敏勇
責任編輯——李心柔
創 辦 人——蔡文甫
發 行 人——蔡澤玉
出　　版——九歌出版社有限公司
台北市 105 八德路 3 段 12 巷 57 弄 40 號
電話 / 02-25776564・傳真 / 02-25789205
郵政劃撥 / 0112295-1

九歌文學網　www.chiuko.com.tw

印　　刷——晨捷印製股份有限公司
法律顧問——龍躍天律師 ・ 蕭雄淋律師 ・ 董安丹律師
初　　版——2022 年 7 月
定　　價——420 元
書　　號——F1383
I S B N——978-986-450-457-2
9789864504602（PDF）